4
転生王女と天才令嬢の魔法革命
The Magical Revolution of
Reincarnation Princess and Genius Young Lady....

「うぅ……。年上の威厳が……！」
アニスフィア・ウィン・パレッティア
パレッティア王国第一王女。
ユフィリアのおかげで
研究の道へと進めることに。

「おはようございます、アニス。
昨夜はご馳走様でした」
ユフィリア・フェズ・パレッティア
マゼンタ公爵家の令嬢。
アニスフィアのため、自分が
王になる道を模索し、
王国第二王女になった。

「レイニ。──私にしませんか？」

イリア・コーラル

アニスフィアの専属侍女。
彼女を幼い時から見守っている。

レイニ・シアン
男爵令嬢で、今は離宮の侍女。
ヴァンパイアの子孫で"魅了"の力を持つ。

「アニス――私は、
貴方に誉れを頂ける人で
いられていますか？」

「誉れだけなんかじゃ全然足りない。
もっと色んなものを捧げたっていい。
全部、ユフィと一緒がいいんだ」

CONTENTS




Author
Piero Karasu

Illustration
Yuri Kisaragi


The Magical Revolution of Reincarnation Princess and Genius Young Lady....

# 転生王女と天才令嬢の魔法革命4

鴉ぴえろ

ファンタジア文庫

3109

口絵・本文イラスト　きさらぎゆり

# 転生王女と天才令嬢の魔法革命 4

The Magical Revolution of Reincarnation Princess and Genius Young Lady....

Author 鴉ぴえろ
Illustration きさらぎゆり

## [これまでのあらすじ]

魔法に憧れながらも魔法を使えない王女、アニスフィア。
彼女は天才令嬢・ユフィリアを婚約破棄から救い、共同生活を始める。
弟、アルガルドの陰謀が発覚し、王位継承権を復権させられたアニス。
ユフィリアは研究を続けたい彼女の笑顔のため、
精霊契約者となり、自ら王位を継ぐことを宣言した。

## [キャラクター]

**ティルティ・クラーレット**
呪いに関する研究をしている侯爵令嬢。

**アルガルド・ボナ・パレッティア**
アニスの弟。現在は辺境で謹慎中。

**オルファンス・イル・パレッティア**
パレッティア王国の国王。アニスの父。

**シルフィーヌ・メイズ・パレッティア**
国の外交を担う王妃。アニスの母。

**グランツ・マゼンタ**
王国公爵。ユフィの父で、オルファンスの右腕。

**ハルフィス・ネーブルス**
アニスの研究助手。子爵家の娘。

**ガーク・ランプ**
アニスの研究助手。近衛騎士団の見習い。

Author
Piero Karasu
Illustration
Yuri Kisaragi

The Magical Revolution of Reincarnation Princess and Genius Young Lady....

# オープニング

気怠さを感じながら、私は目を覚ました。

ぼやけた意識の中、自分のものとは違う温もりを感じて思わず手を伸ばしてしまう。

非常に心地好くて、また夢の中に戻ってしまいそうな温かさだ。

「ユフィ……」

「はい、おはようございます。アニス」

ユフィの声が届いた瞬間、意識が一気に覚醒した。私が手を伸ばしていたのはユフィの手。それに気付いて、すぐに私は身を離すため身動ぎしようとした。

けれど、ユフィによって正面から抱き締められるように阻まれる。ユフィの体温と香りをいっぱいに感じて、喘ぐように息継ぎをする。

「はーなーせーっ！」

「ふふ……すぐに拗ねますね、アニスは」

何がおかしいのか、クスクスと笑いながら私と額を合わせてくるユフィ。

　そんなユフィに軽い頭突きを見舞いながら勢いよく身体を起こす。勢いについていけなかったのか、視界がくらりと揺れる。ベッドの上で座り込むような姿勢になってしまった私を見つめ、ユフィも身体を起こした。

「おはようございます、アニス。昨夜はご馳走様でした」

　上機嫌な様子のユフィに私は唇を尖らせた。頬には熱が上ってきて、多分赤くなってしまっていると思う。

　ユフィが精霊契約者へと至ってから一緒に寝る機会が増えた。理由はユフィの〝食事〟のためだ。食事と言っても、ユフィが食べているのは私の魔力だ。

　精霊契約者は人の器を持ちながら精霊という存在だ。そして、精霊は魔力を糧とする。肉体維持のために普通の食事も必要だけど、それよりもユフィが求めているのは魔力。これはもう精霊の本能に近い。

　魔力を摂取するには互いに密着している方が都合が良い。だから一緒に寝る機会が自然と増えたという訳だ。

　魔力を渡すのは構わない。問題なのは魔力を摂取された次の日の朝がやや気怠いのと、魔力を摂取しようと身を寄せて甘えたり、逆に私を甘やかそうとしたり、あれやこれやと手を尽くして私を惑わそうとする小悪魔みたいに可愛いユフィの態度だ！

「うぅ……年上の威厳が……！」

「まだ言ってるんですか、それ」

ユフィが微笑ましそうに、それでいて呆れたように言うのが余計に癪に障る。悔しさに顔を顰めていると、そんな私が面白かったのかユフィが指で頬を突いてくる。

「やめなさい」

「拗ねないでください、アニス」

「拗ねてないっ」

これも惚れた弱みなんだろうか。最近ユフィに手玉に取られて遊ばれてる気しかしない。私だって余裕をもって甘やかしてあげたいのに、ユフィに魔力を取られると頭をふやかされてしまいそうな程に鈍ってしまうし、その間に良いようにされてしまう。別にそれが嫌という訳じゃないけど、恥ずかしいし、なんだか悔しいのだ。

「はぁ……まぁ、いいや。おはよう、ユフィ」

「はい」

魔力を摂取した次の日の朝のユフィはいつもご機嫌だ。ニコニコと微笑みながら私を見つめてくる。その瞳に込められた思いを感じ取ると胸がざわめくような、落ち着かない心地にさせられてしまう。

今の様子を見ると、ここに来た時の戸惑っているばかりのユフィが少し懐かしく思える。

今ではすっかりとふてぶてしい小悪魔な振る舞いをするようになってしまった。

ユフィが王家の養子に入って第二王女になってから、もう四ヶ月ほどの時間が過ぎた。

この甘酸っぱくて、落ち着かないほどに幸福な日々は完全に日常だ。

ユフィと軽くじゃれ合っているとノックの音が聞こえてくる。扉の向こう側から声をかけてきたのはイリアだった。

「アニスフィア様、ユフィリア様、おはようございます」

「もう時間ですか。では、起きましょうアニス。朝食を食べ損ねてしまいます」

ユフィが誘うように手を差し出してくる。私は肩を竦めてからユフィの手を取った。

そして、今日も一日が始まる。

＊＊＊

「おはようございます、アニス様、ユフィリア様」

「おはよう、レイニ」

着替えを済ませて朝食のために食堂に向かうと、レイニがテキパキと準備を整えていた。

侍女として働く姿にすっかり違和感がなくなり、頼もしさすら感じさせる。

良い匂いにお腹が鳴った。魔力を譲渡した次の日はいつもよりお腹が減る。なので皆よりも少しだけ私の方が食べる量が多かったりする。

食事の間は誰も喋らず、静かに時間が過ぎていく。私が一番最後に食べ終わり、そこから談笑が始まるのがいつもの朝の習慣だ。

「ご馳走様。今日はちょっとゆっくりしてから出ようかな」

「徹夜など控えて頂いて、時間を守って頂けると私とレイニも助かります。それとも今度からユフィリア様に起こしてもらうのが一番良いのでしょうか？」

「私は構いませんけど……」

「私が構うからダメ！」

一回、ユフィが起こしに来た時にぐずっていたら、〝味見〟をされて酷い目に遭ったことがある。毎回あんな起こし方されたら身体と魔力が保たない。

「……いい加減慣れれば良いでしょうに」

「イリア、なんで私を残念なものを見るような目で見るのかな？」

「いいえ。アニスフィア様は随分とヘタれましたね、などと思っていませんよ？」

「もう口に出してるからね⁉」

へ、ヘタレじゃないもん！　そう、節度を！　節度を守っているだけだから！

そんな私の思考を悟ったかのように、イリアは曖昧な表情で生暖かい視線を向けてくる。ユフィと、その、恋仲になってからイリアのからかいが容赦なくて、少しだけムッとしてしまう。

ユフィは澄ました表情で受け流しているけれど、レイニは気の毒そうに私に視線を向けてくれた。レイニの反応に思わず涙がほろりと出そうになる。

「離宮の癒しだよ、レイニは……ずっとそのままでいてね……」

「ええ……」

レイニが何とも言えない表情で呻くような声を漏らす。さて、おふざけはこのくらいにして今日もお仕事のために準備をしないと。

今の私に与えられた仕事は、魔道具普及のための下準備だ。

成果を出したことで魔道具の価値を見極めようと耳を傾けてくれる人が増えた。純粋にこの変化は嬉しく思うし、だからこそしっかりと伝えられるように色々と考えなきゃいけない。

昔と比べると本当に心の持ちようが違う。前はもっと必死で、受け入れて欲しくて、それでいつしか諦めた。理解を求めない方が、都合が良くなっていった。それがキテレツと呼ばれるような振る舞いへと繋がったのだろうと思う。

自分を偽りながら、自分の心を守るために誰にも触れられないようにして。振り返ってみれば余裕がなかったんだ。自分のことを振り返ることが出来るようになったのも皆がいてくれたからだ。

だからこそ、心の底から今この瞬間が愛おしい。そして幸せだからこそ、この幸せがもっと続くように、もっと大きくなるように、自分の出来ることを尽くしたい。

「それじゃあ、そろそろ行って来ようかな」

「はい、いってらっしゃいませ、アニスフィア様」

「いってらっしゃいませ、アニス様！」

朝食の後片付けをイリアとレイニにお願いして、私はユフィと一緒に離宮を出た。

するとユフィが私の手を引いて、何かを強請るようにジッと見つめてくる。私はユフィの表情に少しだけ躊躇いながらも、彼女の頬にキスをする。

「……い、いってらっしゃい」

「まだ慣れないんですね。では……」

「だめっ」

私はさっと掌を差し込んで、唇にキスをしようとしたユフィを遮る。手で押さえられながらユフィがジッと見つめてくるけれど、私は首を左右に振った。

のである！

この子ったら、隙あらば人から魔力を吸い取ろうとしてくるから困ったさんになったも
「どうしても！」

「……どうしても？」

「最近、つまみ食いが多すぎるからダメ」


味を占めた、というのもあると思うし、精霊契約者としての在り方にも慣れてきたのだと思う。だけど、だからといっていちいちつまみ食いされるこっちの身にもなって欲しい。心臓がいつもバクバクしてるから。

「……別にいいじゃないですか、キスぐらい。夜だったらあんなにして……」

「夜は夜！　朝は朝！　はいはい、切り替えが出来る王女様だもんね、ユフィは！」

帰ってきて、優等生のユフィ。早く、私の羞恥心が弾け飛んでしまう前に。

「仕方ありませんね。では、また今度にします」

あっさりと引き下がったユフィに、私は深く溜息を吐く。出会った頃は私の方が振り回してた筈なんだけどな。なんだろう、この釈然としない気持ちは。

思わず思考に気を取られていると、私の隙を突くようにユフィが私に身を寄せてくる。腕を搦め捕るように組んでから、私の耳元に顔を寄せて囁く。

「もっと夜にアニスが〝ご馳走〟してくれたら、つまみ食いは控えられるかもしれません。だから私はいつでも待ってますから、ね？」

「ユフィッ！」

思わず大きな声が出てしまった。私の顔は真っ赤になってしまってるのがわかるぐらいに熱くなる。

つまみ食いをするのは結局ユフィが満足するだけ摂取出来てないからだろう。でも、それはつまり、今以上の親密さを望んでいるということで、それは嫌じゃないんだけど、ここでする話じゃないというか、ここじゃなくても困る話というか……！

「冗談ですよ」

ユフィは絡めていた腕をあっさりと解いて、悪戯を思い付いた子供のように笑みを浮かべる。人差し指を自分の唇に当ててから、ご機嫌な様子で私に背を向けた。

今にも音符が飛び出してきそうな程に上機嫌で歩いて行くユフィの背中を見て、全力で項垂れてしまった。

「……真面目なくせに茶目っ気が酷いんだよぉ……！」

冗談とか言わなさそうな堅物に見えるのに、親しくなった相手には人が悪いとしか言えない。

ちなみにユフィの気質はグランツ公とも共通している特徴だったりする。一緒に仕事をするようになってから知ったけど。

ユフィの母親であるネルシェル夫人も笑顔の裏で何考えてるかわからない人だし、なんだか妙なところが遺伝してるというか、とにかくギャップに困る。

「……これ以上、好きにさせてどうしたいのさ」

思わず呟いて、思い浮かべてしまいそうになった想像を勢いよく振り払った。これからお仕事なんだから、いつまでも緩んだままじゃダメ！　そう思いながら、私は頬を叩いて意識を切り替えるのだった。

# １章　新たな仲間を迎えて

「おはようございます、グランツ公」

「おはようございます、アニスフィア王女殿下」

　私はグランツ公がいる王城の中の執務室を訪ねた。最近はグランツ公と一緒に仕事をすることがほとんどなので慣れたものだ。

　グランツ公の役職は宰相。はっきり言って、その仕事量が尋常じゃない。一緒に仕事するようになって思い知ったけど、父上とグランツ公は頭がおかしくなりそうなぐらい仕事している。これで家庭を顧みないと言われるのはある意味で仕方ない。

　母上が外交官を退いて父上の補佐に回ってるから楽になったとは聞いてるけど。それでも休日返上は当たり前である。完全にブラック労働で、身体が心配だ。

　今更ながら、改めて私がどれだけ心労をかけていたかという話である。父上が実年齢よりも十歳も老けて見えるのは度重なる心労のせいだろう。重ね重ね申し訳ない。

　……その一方でまったく老けておらず、疲労なんて感じさせないグランツ公の化物っぷりが凄いんだけど。ユフィといい、本当マゼンタ公爵家は超人の家系なんだろうか。

「それでグランツ公、今日の予定は？　また私の講義とか入ってますか？」

「いえ、今日は講義の予定は入っておりませんし、視察の予定もありません。前回の講義でおおよその地方騎士団への周知も行き渡りましたので」

「あ、そうだったんですね。じゃあ私はどうすれば良いですか？」

「差し迫った仕事はなくなりましたので、普及させる魔道具の選定や試験動作が主な仕事になります。新開発の案があればそちらを優先してくださっても構わないです」

「それで良いんですか？」

「現状、アニスフィア王女殿下に動いてもらう必要な案件がないのです。周知は済みましたが、実際に魔道具が行き渡るようになるのはまだ先の話です。魔道具の検証は近衛騎士団の一部が引き受けておりますが、こちらも時間がかかります。アニスフィア王女殿下に精査して頂く必要はありますが、まだその時期ではありません」

「はぁ……そうですか」

「普及後は仕事も増えましょうが、今は開発を優先して頂いて結構です。政務について気にしておられるのであれば、そちらはユフィリア王女殿下の担当でございますので」

ユフィリア王女殿下と呼ぶグランツ公に、私は曖昧な表情を浮かべてしまった。

ユフィが養子になってマゼンタ公爵家と縁を切ってから、グランツ公はユフィのことを王女殿下と呼ぶようになった。

徹底的に親子ではなく、王女と家臣という立場を貫く二人に私は何とも言えない。感心するけど呆れるような、ちょっとだけ罪悪感が湧くような、そんな気持ちになる。

ただ、今の関係になってからユフィがグランツ公に対して舌打ちしてたりする姿を見かけたりもしているので、逆に健全になったような気もする。離宮に来たばかりのユフィはグランツ公の教えが絶対みたいな感じだったし。

それなら真っ向からぶつかって互いに切磋琢磨しているような今の関係の方が良いのかもしれない。でもグランツ公が結構ユフィに難題を吹っ掛けているようなので手心を加えて欲しいとも思ってる。何故かって？　ユフィの不満の余波が私に来るからだよ！

「今後の話については以上なのですが、この機会にアニスフィア王女殿下の側に人をつけたいと思っております」

「はい？　それって私に助手として部下をつけるってことですか？」

「ええ。今後の普及を考えれば、アニスフィア王女殿下の考えを理解出来るものが増えた方が良いでしょう。その足がかりとして二名ほど、こちらで推薦したい者がいます。護衛も兼ねていますので、騎士団からの出向となります」

「騎士団からの出向……あぁ、助手と護衛の他にも魔道具の扱いの教導も見越して？」

「今はアニスフィア王女殿下から教えを受けることで、近衛騎士団がその役割を担っていますが、いずれは教導を専門で担える人材が必要となるでしょう」

「私は魔道具の開発もしたいですから、教導ばかりもしてられないですしね」

最近は既存の魔道具の普及の下準備に奔走していたから魔道具を作ろうって時間は取れてなかったし、そういった人材は今後どんどん必要となるだろう。それを見込んでの人員ということなら私としても是非とも受け入れたい。

「既にこちらに呼んでおりますので、顔合わせをお願いしてもよろしいでしょうか？」

「ええ、お願いします」

私が了承したのを受けて、グランツ公が鈴を鳴らして合図を送る。少し間を置いてから部屋に入ってきたのは二人。

一人は明るめの茶髪を三つ編みに結った女の子。瞳の色は澄んだ青色でどことなく委員長っぽい子だ。眼鏡をかけているのも委員長みたいだと思う要因だろう。

もう一人はよく鍛えられた体格の良い青年だ。短く切りそろえた黒髪に開いているのか閉じてるのか曖昧な細目をしている。よく見れば瞳の色は濃い茶色で、どこか前世の仏を思わせるような顔をしている。

女の子の方は初見だったけど、仏みたいな顔をした騎士と思わしき青年には見覚えがある。はて、と首を傾げていると二人が深く礼をした。

「お初にお目にかかります、アニスフィア王女殿下。私はハルフィス・ネーブルスと申します。ネーブルス子爵家の娘でございます」

「自分はガーク・ランプです！　所属は近衛騎士団見習いです！」

ハルフィスと名乗った女の子はご令嬢として丁重に、ガークと名乗った青年は少し緊張した面持ちで挨拶をする。その名乗りに私は覚えがあって、掌に拳を置いた。

「どこかで見た顔だと思えば、ガッくんじゃん！」

私がガッくんと呼ぶこの青年と出会ったのは、冒険者として活動していた頃だ。ランプ男爵領で行われた騎士団と冒険者の合同野外演習に参加したのだけど、その時に縁があった。その時のガッくんは実家の騎士団の見習いだったけど。

「ガッくん……お、覚えて頂いて光栄です……」

「何年ぶりかな？　あれ、近衛騎士団所属？　実家の騎士団はどうしたの？」

「今は近衛騎士団で見聞を広めようと思っております。今回、アニスフィア王女のお側付きに選ばれて大変光栄です」

「そうなんだ。ちょっとビックリしちゃった」

「旧交を温めるのは実によろしいことですが、先にご説明させて頂いてもよろしいでしょうか？　アニスフィア王女殿下」

「おっと。ごめんなさい、グランツ公。お願いします」

つい顔見知りに会って話が横道に逸れてしまった。改めて居住まいを正す。

「それでは。今後はハルフィス・ネーブルス、そしてガーク・ランプの二名を傍に置いて頂ければと思います。ハルフィスは近衛騎士団付きの文官見習い、ガークもまた騎士見習いではありますが、今後に期待がおける者たちとなっております。アニスフィア王女殿下との相性も考えて選出致しましたので不便はないかと思います」

「精一杯、務めさせていただきます。どうかよろしくお願い致します」

ハルフィスが一言告げてから私に熱心な視線を向ける。まるで憧れの人を見るかのような眩しい視線で、少しだけ仰け反ってしまいそうになる。貴族のご令嬢からここまで熱心な好意を向けられたのは初めてだ。

「じゃあ、改めて。アニスフィア・ウィン・パレッティアだよ。今後ともよろしく」

私が握手を求めると、二人はやや緊張したように握手を交わしてくれた。自己紹介が終わったのを見計らったようにグランツ公が告げる。

「それではアニスフィア王女殿下、私からは以上となります。次の予定が決定しましたら使いを出しますので、それまではご自由にお過ごしください」

「わかりました。それじゃあ今日はこの二人と交流を深めたいと思います。もし何かあればすぐに連絡してください」

　グランツ公が頷いたのを確認して、私は二人を連れて執務室を後にした。

「それじゃあ、どこか落ち着いた場所で話そうか」

「はい。アニスフィア王女殿下のお気の召すままに」

　ハルフィスがまだ緊張が解け切れていない様子で返事をする。早く仲良くなって肩の力を抜いて欲しいものだ。ガッくんも緊張しているみたいなんだけど、ハルフィスほどカチコチにはなっていない。

　どこかに話しやすい良い場所はないかと思い、王城のメイドに確認してみたところ、中庭を勧められた。お茶の用意もお願いしつつ、私たちは場所を移した。

　王城の中庭は城勤めの人たちの憩いの場所でもある。そんな中庭でも特に立派な一画があり、ここはほとんど王族の専用扱いだ。

　母上が外交官を務めていた時、時折戻って来てはここに呼び出されて説教なんかもされたなぁ、と遠い目をしてしまう。普段はここに入る機会がないだろうハルフィスとガッくんの二人は畏れ多いといった感じだ。

「……とりあえず座ろうか」

「し、失礼します」

ガッくんが気を利かせて私たちの椅子を引いてくれた。最後にガッくんが席についたところで頼んでいたお茶が届く。ちょっとしたお茶菓子もついていて嬉しい。

「改めてよろしく、って言えばいいかな？　二人とも。まずは何から話そうか？」

「私は初対面ですが、ガークさんとは面識があったのですか？」

「冒険者として活動してた頃にランプ騎士団と行動したことがあったんだよ。ハルフィスとガッくんは騎士団に入ってから？」

「いえ、ガークさんとは以前から少しだけお付き合いがありました。私の婚約者と貴族学院の同期なのです」

「あぁ、じゃあ完全に初対面ってなると私とハルフィスだけか。だったら気を楽にしてくれていいよ。堅苦しいのはそんなに好きじゃないし、色々と仲良くやっていきたいから」

「は、はぁ……」

「あんまり気を遣ってもこんな感じの人だぜ？　ハルフィス」

「ガ、ガークさん！」

早速と言わんばかりに態度を崩したガッくんにハルフィスはちょっと慌てている。

そんなガッくんを見つめながら、私はにやりと笑みを浮かべる。

「初対面のガッくんの態度に比べたら全然無礼でもなんでもないからね」

「ちょっ、あんまり過去の話をほじくり返さないでくださいよ！　アニスフィア様！」

「確か〝王女様、道楽で来たなら帰りな！　こっちは遊びでやってんじゃないんだよ！〟だっけ？」

私が過去の記憶を掘り返しながらガッくんの台詞を思い出していると、ガッくんが羞恥に打ち震えるように両手で顔を隠して痙攣してしまった。

「その後、私にボッコボコにされたんだよね。アレに比べたら全然マシだよ」

「本当にっ、その件はっ、反省してますので！　掘り返さないでくれますかっ？」

ガッくんが泣きそうになりながら呻いた。本当に懐かしい話だ。まだ冒険者として私の名前が売れていなかった頃の話で、王女だと気付いて突っかかってきたのが出会いだった。

「ただの合同演習だったのに、魔物の襲撃と被って乱戦状態になっちゃったんだよね。見習いの中でしっかり魔物と戦えたのはガッくんだけだったからよく覚えてたんだよ」

「……あの頃からアニスフィア様は本当に凄かったですよ。いつかこの人は国を変えるんだろうな、って思ってたら、予想以上になんか凄いことになってますけど」

ガッくんが頭をがりがりと掻きながらそう言った。そこには親愛と尊敬の念がわかりやすい程に込められていて、少しだけくすぐったさが背中を駆け巡った。

「そうですね。アニスフィア王女殿下とは以前からお近づきになりたいと念じていましたが、ようやく念願が叶(かな)ったので嬉しく思います」

「ハルフィスまで。なんか私たち接点あったっけ……？」

「直接の接点はありません。あっても私がユフィリア王女殿下とレイニさんの同期というぐらいでしょうか？」

「あれ、ハルフィスはユフィとレイニの同期だったんだ？」

「同期以上の接点はありませんが。ユフィリア王女殿下とは派閥が違うのでお声をかけたことも、かけられたこともありません。レイニさんは当時の状況がアレでしたので……」

「あぁ、うん。レイニはね……仕方ないね……」

貴族学院時代のレイニはアルくんとか、その周囲にいた厄介な人たちが囲んでいたから仕方ない。

「ユフィと派閥が違うってことは、もしかして魔法省派？」

「はい、そうなりますね」

「それならハルフィスが私のお側付きになるのはあんまり良くないんじゃない？　大丈夫なの？」

「魔法省の派閥といっても、中立ですから。アニスフィア王女殿下から見れば日和見をしていた貴族なので……」

「あぁ、そういうことね」

私に対して我関せずといった態度を貫いていた魔法省の派閥ということか。

主に私を嫌っていたのは魔法省の中でも過激派で、ここが一番大きかった。逆に少数派だったのが私の魔学に一考の価値があると評価してくれていた人たち。

あとは中立を貫いて日和見をした勢力で三分割されていた。過激派、中立派、容認派で六：三：一ぐらいの比率だ。

「飛行用魔道具の発表が大きな切っ掛けでしたが、それ以前から私はアニスフィア王女殿下とはお知り合いになりたいと思っていたんです」

「発表の前から？　なんで？」

「恥ずかしながら……私は魔法の腕前がそんなに良くないのです。婚約者は魔法省に勤めていますが、それなのに私が近衛騎士団付き文官なのはそれが理由なのです」

「基本的に魔法省と騎士団は仲良くないからなぁ……」

ハルフィスが少し表情を暗くしながら事情を打ち明けてくれた。それに相槌を打つようにガッくんが呟きを零す。会話の内容に私も渋い表情になってしまった。

魔法省はエリートの集まりだけど、現場に出てくることは稀だ。騎士団から見れば政治に夢中で現場なんか顧みないと思われている。

逆に魔法省側は狭き門をくぐれなかった負け組の遠吠えだと侮る態度を取る人も多い。なので騎士団と魔法省は何かと仲が悪かったりする。

近衛騎士団の中ではそういった態度をとる人は多くはないけど、地方の騎士団は王都の官僚貴族を嫌う傾向がある。

元々、父上の時代に起きたクーデターの影響もあって、政治から遠ざけられたことも原因なんじゃないかと思ってるけど。とにかく因縁が深い。

「魔法については自分の才能がないので仕方がありません。でも、どうにもならない現状に、精霊への不信感を抱きそうになったこともあります」

「……ハルフィス、それは」

「わかっています。そんなのパレッティア王国の貴族として失格です。それでも拭いきれなかったんです」

そう語るハルフィスの表情は、とても寂しくて、辛そうに見えてしまう。

「何度も魔法の教科書を、参考になる文献を読み漁りました。日々の生活を改めて精霊への祈りも欠かさず、今まで以上に熱心に祈りました。それでも何も変わらない日々が苦しくて、ずっと辛かったんです。どうしても耐えられなくて親や教師に相談したこともありました。でも、口を揃えて言われました。私の祈りが真摯でないからだと。不信感を抱く限り、魔法の腕前は上達しないって……」

ハルフィスの告白から伝わってくる彼女の心情に、私は痛いほどに共感してしまった。その痛みは私が長年抱え続けてきた痛みと同じものだ。

魔法の腕前が貴族としての価値であるパレッティア王国において、それが成長しないのがどれだけの苦痛なのか、私はよく知っている。

どんなに祈っても、願っても。それでも何も変わらない現実を呪いたくなる気持ちもわかってしまう。

「私は変わりたいんです。なれるのなら、少しでも貴方のようになりたいと思ったんです。あの日、空を自由に舞うアニスフィア王女殿下の姿を見て、私は尚のことそう願わずにはいられませんでした。だからこの機会を頂けて本当に嬉しく思っているのです」

暗い表情を浮かべていたハルフィスが決意に満ちた眼差しで真っ直ぐ私を見つめる。

その熱量に私は心が震えた。気を緩めたら涙を零してしまいそうな程だ。私と同じような痛みを受けた子が、それでも夢に向かって進もうとしている。

だからこそ強く思う。力になってあげたい、この熱意を蔑ろにしてはならない、と。

「別に魔学を学んだからといって魔法の腕前が向上する訳じゃないし、貴方の希望に繋(つな)がるかわからない。でも、それを踏まえて私はハルフィスの力になってあげたいと思う。だから私はハルフィスの力になるし、ハルフィスも私の力になって欲しい」

「はい、どうかよろしくお願いします！」

力強くハルフィスが返事をしてくれた。その笑顔は実に頼もしいものだ。私も自然と笑みが浮かんでしまう。

「俺もそんなに魔法の成績が良かった訳じゃないんで。ハルフィスほどじゃないですけど真剣に取り組むつもりなんでよろしくお願いしますよ、アニスフィア様」

「うんうん。よろしくね、ガッくん」

「……さっきから言おうと思ってましたけど、普通に名前で呼んでくれませんか⁉」

「ええ……？　だってガッくんて呼びやすいし？」

「俺の扱い、微妙に雑じゃありません？　気のせいです？　ねぇ、アニスフィア様⁉」

不満だというようにガッくんが抗議してくる。私たちのやり取りにハルフィスが笑みを零し、中庭に小さく笑い声を響かせるのだった。

＊＊＊

その日の夜、夕食や風呂を済ませた私は自室でユフィと語らっていた。

ユフィが養子入りして王女になってからというもの、ユフィはなかなかの多忙である。一緒に行動する時間が減ってしまったので、せめてそれを埋めるべくこうして夜に語らう時間を作ったのだけど……。

「それでね、ハルフィスとガッくんって子が今後私の傍で色々学んで、魔学を広めて行くための足がかりになってくれると思うんだ」

「……へぇ」

「……ユフィさん？」

思わずさん付けになってしまった。理由はユフィが無表情で感情の色が見えない視線で私を見つめていたからだ。な、何か不機嫌になるようなこと言った⁉

「随分とハルフィスという子のことを熱心に話しますね、なんて思ってませんよ？」

「えっ？　いや、あの、ユフィさん？」

「思ってませんよ？」

「思ってるから言ってるよね？」

「思ってませんよ？」

「……嫉妬ですか？」

「アニスは、どう思います？」

ふと、脳裏に悪友のティルティの一言が蘇った。

『あの子、澄ました風に見えて結構嫉妬深いから精々気をつけなさい』

そう告げた彼女も私と距離が近いと露骨に距離を取るようになったな、と思い出す。

すると背筋にぞっとした悪寒が走った。恐る恐るユフィに視線を戻すと、絶対に笑ってないとわかる笑みで私を見つめていた。

「あの、違う、違います、違うんです……」

「……冗談ですよ」

冷気が消え去り、ユフィがいつものように笑った。本当に冗談だったのだろうか。そんな疑惑の眼差しでユフィを見つめてしまう。

「ネーブルス子爵家のお嬢様で、貴族学院では私の同期ですよね？　でしたらその方の婚約者は私も知っている方ですね」

「そうなの？」

「魔法省で何かと私に良くしてくださる方です。アンティ伯爵家の末の息子ですね」

「あぁ、アンティ伯爵家か。納得した」

アンティ伯爵家は魔法省の中でも中堅といった役職持ちの家だ。

中立派の中でも有力な貴族の一つで、当主と長男が魔法省に勤めているのは私も知っている。

その二人と言葉を交わしたこともあるけれど、押しても引いても靡かないような人たちだったのを覚えている。

「過激派だった方たちは力を失っていますから、今の魔法省で一番大きな勢力は中立派の方たちです。敵でも味方でもないからこそ、逆に説得に困りますが」

「敵でも味方でもない、か」

それは確かに厄介だ。味方であれば融通が利くし、敵であれば崩すことを考えれば良い。でも中立派を味方に引き込もうとするとなると、鞍替えさせるための理由が必要になる。

「事なかれも行き過ぎれば無関心です。我が事ではないからこそ、身が入らないと言いますか……魔法省に関わることで改めて思い知らされましたね。彼等は少々、伝統に拘りを持ちすぎています」

「伝統に拘るってことは、変化を受け入れる土壌がないってことだからね……」

「まさしくその通りです。改革には人材が全くと言っていい程、足りません」

ユフィが思わず愚痴を零したくなる程、魔法省の掌握は上手く進んでいないらしい。

精霊契約者となり、今までのパレッティア王国が受け継いできた伝統の旗頭に相応しいと言われるユフィだけど、彼女は新しい風として私が提唱した魔学や魔道具を普及させたいと願っている。

だけど、魔法省は私たちが齎そうとしている変化に対して消極的な態度を取っている。

敵対的ではないのが逆に厄介なところだ。

変化を拒み、今までの在り方を変えたくないと殻に籠もってしまっているようなものなのだ。これがユフィの望む改革に致命的に響いている。

「正直、従わせるだけなら幾らでも出来ると思っています」

「うん……でも、無理矢理に従わせたい訳じゃないんだよね」

「ええ。私はこの国を変えたいと思ったからこの道を選んだのです。無理矢理に従わせるような道は選びたくないのですが……」

はぁ、と溜息を吐くユフィ。その顔には少し疲れが見えている。

「ユフィ、ベッド行こうか」

「アニス？」

「がっつり持っていかないなら、魔力分けてあげるよ」

連日持っていかれると疲れが抜けなくなるんだけど、少し甘やかす程度になら分けても良いだろう。私の労力に比べればユフィの方が明らかに大変だ。

先にベッドに入ると、ユフィも後に続いてベッドに入ってきた。横になるなり私に近づいて来て、胸元に顔を埋めるように抱きついて来た。

ぐりぐりと額を胸に押し付けながら深く息を吐いて、そのまま動かなくなる。ユフィの頭を撫でてやりながら、私は労るように声をかける。

「焦らずゆっくりやっていこう。それで一緒に考えよう？　魔法省の人たちをどうやって説得するか」

「……アニスはあの人たちに嫌われてるじゃないですか」

ユフィは拗ねたように言う。それがもの凄く年相応に見えて可愛かった。

「嫌われてるからこそ、ユフィには思い付かないアイディアが思い付くかもしれないよ。とにかく一人で頑張らなくていいよ。ユフィにはイリアだって、レイニだってついているんだからさ」

「……ええ、勿論。わかっていますよ」

ユフィが胸に埋めていた顔を上げて、そのまま顔を寄せてきて触れるようなキスをする。何度か啄むようなキスをした後、私の首元に唇を寄せた。

ユフィの唇が首筋に触れると、そこからじんわりとした熱が広がる。その熱を吸い上げるような感覚に身体が勝手に跳ねてしまう。

頭の奥がふやけていくような感覚と共に魔力が抜かれていく。その間、私はユフィの頭を撫で続けた。指通りの良い髪の感触が心地好い。

「……実は、ちょっとだけ嘘ついたんです」

「ん？」

唇を離すと、唐突にユフィが小さく呟きを零した。

「ハルフィス嬢に嫉妬してました」

「……いや、別にハルフィスをそういう目では見てないからね？」

「わかってますよ。そういう意味じゃなくて、私だってアニスの助手だったんですよ？」

私に抱きつきながらユフィは上目遣いで見つめてくる。薔薇色の瞳が揺れて、年相応に拗ねた表情を浮かべるユフィは、正直に言ってとても可愛かった。

「アルカンシェルや、他にも幾つか一緒に魔道具は作りましたけど……でも、今後は難しくなっていくんだろうな、って思うと――私だって少しは寂しいんですからね？」

「ユフィ……」

「私たちの望んだ未来のために必要なことだって、わかってますよ」

でも、と呟きながらユフィは唇を尖らせる。また私の胸元に顔を埋めて、甘えるように額を寄せながら呟くように言った。

「でも、本当は私だって、何のしがらみもないまま貴方の傍にいたいんですからね。誰よりも貴方の一番でいたいんです。……だからハルフィス嬢のことをあんなに熱心に話されると嫉妬してしまったんです」

「うぅぅん……！」

なんて可愛いことを言ってくれちゃってるんだろう、この子は？　小悪魔なのかな？

「私にとって一番はユフィだよ。離れても、ずっと貴方が私にとって一番。私の夢を一番に応援してくれる、私の大好きな人」

ユフィの頬に手を添えて、顔を上げさせるようにして額に口付けを落とす。

嫉妬してくれてたんだと思うと、やっぱり嬉しくなってしまう。ユフィにとって私が特別であることが感じられるから。

だからこそ甘やかしたくなる。私だってユフィが一番好きで、ユフィと同じように一緒にいられたらどれだけ良いかと思う。

「私たちがずっと一緒にいられるように、それを皆に認めて貰えるように、この道を選んだんだからさ。大丈夫、私たちの進む道はずっと一緒だ」

ユフィの背中をリズムをつけて叩く。子供をあやすように背中を叩いているとユフィが更に身を密着させてくる。

「アニス、大好きですよ」

「私も、大好きだよ」

ユフィが顔を寄せてキスをする。今度は啄むよりも長いキスだ。目を閉じて互いの存在を感じる。この瞬間がたまらなく愛(いと)おしくて幸せだ。

私はもっと幸せになりたいし、ユフィも幸せにしたい。そして出来れば、もっと多くの人にもそうあって欲しいと思う。

大きな幸せを増やして、皆で幸せになりたい。心の底からそう願っている。

「……ハルフィスは婚約者がいるんですから、ダメですよ？」

「待って。私は別に誰彼構わずって訳じゃないから⁉　そんな節操なしじゃないよ⁉」

「アニスはそう思ってても、知らない内に誰かの心を奪ってるかもしれないじゃないですか。その点、貴方は信用ならないですし……」

「ええ……？」

流石(さすが)にそれは考えすぎなんじゃないかな、と思ってるとユフィの目が据わり始めた。

ヤバい、と思った時には後の祭りだった。ユフィは私を逃さないと言わんばかりに強く抱き締めてくる。

「ダメですからね……？」

「ダメと言われましても……！」

「無自覚だから許されると思ってるなら、それが間違いだって教えてあげないといけないですよね？」

「ユフィ？　今日はつまみ食いまでって私は言ったからね⁉」

「ええ、つまみ食いならいいんですよね？　何回でも」

ニッコリと笑みを浮かべたユフィが、私の反論の言葉を塞ぐようにキスをする。そのまま後頭部を押さえるように手が伸びてきた。

つまみ食いでも繰り返したら普通に食べてるのと一緒でしょうが！　ユフィにそう言えたのは、結局朝になってからだった。

# 2章　互いに引いた境界線

「おはようございます、アニスフィア王女殿下」

「おはようございまーす」

「いらっしゃい、ハルフィス、ガッくん。離宮へようこそ」

ハルフィスとガッくんが私の付き人として側につくようになった翌日、私は二人を離宮へと招いていた。

今後のことを考えれば、二人には魔学の知識をもっと知ってもらう必要がある。グランツ公から頼まれる仕事もないのであれば、実際に魔道具などを見て貰おうということで二人を呼んだのだ。

「紹介するね。離宮で私とユフィの侍女をしてるイリアとレイニだよ。ハルフィスはレイニの顔ぐらいは知ってるとは思うけど」

「ご紹介に与りましたイリアと申します。今後ともよろしくお願いします」

「同じくレイニです。ご用があればお気軽に申しつけください」

私の紹介に合わせてイリアとレイニは揃えたように丁重に礼をした。イリアと並んでも見劣りしないようになったレイニがちょっと誇らしい。

「俺……あ、いえ。私は近衛騎士団所属のガーク・ランプと申します」

「同じく近衛騎士団所属、ハルフィス・ネーブルスです」

ガッくんは一瞬だけ素が出たけども騎士らしく挨拶をこなす。ハルフィスも丁重に返礼した後、レイニへと視線を向けた。

「貴族学院では同期でしたが、貴方とは話す機会がありませんでしたね、レイニさん」

「……いえ。当時の私の振る舞いを思えば縁が結ばれなくても当然かと思います。改めて申し訳ございませんでした」

「謝ることはございません。ただ同期の縁で仲良くさせていただければと思っただけです。当時の苦労を思えばレイニさんも大変だったでしょう。ご健勝であらせられるようで嬉しく思います」

「ありがとうございます、ハルフィス様」

レイニは少しだけ困ったようにハルフィスへと頭を下げた。まだぎこちないけど仲良く出来たら良いと願っておく。イリアとレイニの紹介を終えた後、私はハルフィスとガッくんを研究所へと案内した。

「ここがアニスフィア王女殿下の研究室ですか……！」

興奮を滲ませた声を上げながら離宮の研究室を見渡すのはハルフィスだ。隣には物珍しげに視線を向けているガークもいる。

「ここでアニスフィア王女殿下は魔学の研究や魔道具の開発を行っていたんですね」

「城下町の工房に頼んだものも多いけど、ここで出来るものは自分で組み上げてたよ。今は近衛騎士団に提供してるから色々と物が出払ってるけど」

二人に座ってもらい、離宮で一番使われていると言っても過言ではない保温ポットで実演してお茶を淹れる。ハルフィスは流石に私にお茶を用意させるのは恐れ多いと慌てふためいてたけど、細かいことは気にしないでもらおう。

「これ、いいですね。遠征とか野外活動の時にあると便利で」

「私も冒険者として活動してた頃は重宝してたよ」

「外で活動してると火をおこすのは大変ですしね。雨期の遠征だったら特に酷いですよ」

ガッくんが感心したように保温ポットを眺めている。ハルフィスもガッくんの話を聞いて何度も頷いていた。

保温ポットは魔道具の中でも利用しやすいし用途も広いので、魔道具を紹介する時には一番使われてる。

「ポットの細工の紋様に使われているのが精霊石を始めとした原料で作った塗料で、魔法における詠唱と同じ働きをするんだよね」

「なるほど、これを加工するには職人の技が必要になりますね。保温ポットを量産するだけでも職人に雇用が生まれるんじゃないでしょうか？」

「そうなってくれたら嬉しいんだけどね。ただ火の精霊石を使うから、暖炉や着火剤に使ってる家庭に影響しそうなんだよね。もし数が作られることになったら精霊石の数が足りるか心配だね。価格が高騰するのも困っちゃうし」

「つまり魔道具が普及すると、元々生活で使われている精霊石の消費に影響を及ぼす可能性もある訳ですね……」

「便利だからまったく売れない、なんてことにはならないとは思うんだ。逆に売れすぎた時の方が怖い。生活の在り方が大きく変わっちゃうからね。今までは私の立場もアレだったし、成功するにしても失敗するにしても責任を取れなかったから。魔道具を広めるのを見合わせてたのはそういう理由もあったんだよね」

魔道具の発想の根底には前世の知識がある。魔法がなくても栄えた世界の知識だ、今世の生活水準と比べれば前世の方が圧倒的に便利だろう。

そんな異世界の知識が由来である魔道具は、今世ではかなり刺激的な影響をもたらす。

それは私が個人的に使っていた頃からわかりきっていたことだ。

火を使わずともお湯を定めた温度に保つことが出来る保温ポット、携帯出来て護身用の武器としても利用価値の高いマナ・ブレイド。今までの交通手段を丸ごと引っ繰り返してしまう可能性を秘めた飛行用魔道具の数々。

今までの魔道具を思い返すだけでも世間への影響が大きすぎる。

「アニスフィア様のやることはそれだけ凄いことになるってことですか！」

「いや、そうでも、ないんじゃ、ないかなぁ……多分……」

ガッくんが感心したように言ってるけど、うん、ちょっと大袈裟だよ。きっとそう。私が毎回騒ぎを起こしているようにも聞こえるじゃない？

「そうですか？　だって魔道具のどれもこれもが、今までの常識を全部ぶっ飛ばすようなものじゃないですか？」

「だから普及させるのは今まで自重してた訳だし、下準備として検証を近衛騎士団にして貰ってるんだよ、ガッくん」

「アニスフィア様は大胆なのか慎重なのかわかんねぇな……」

「大胆なところは大胆で、慎重なところは慎重なんだよ。つまり良いとこ取りだね」

「そいつはいい！」

愉快だと言わんばかりに豪快に笑うガッくんに私も笑い声を上げてしまう。

身分の差を考えればとんでもないことなんだろうけど、私はこっちのノリの方が慣れている。ハルフィスは物言いたげに溜息を吐いてるけど。

「真面目に話すなら、私は今まで社交とか政務とかを疎かにしてたから、平民の生活や事情には明るくても貴族の事情には疎いんだよ。実際に政治を動かしてるのは貴族でしょ？民衆が望むものを知ってても、上の動かし方は詳しくない」

「あぁ……それは、そうですね」

ハルフィスが何とも言えない表情で相槌を打った。主に政治を動かしている官僚貴族と私の仲が良くないことを察しているからの表情だろう。

官僚貴族は魔法省に勤めていたり、ここと関わりが深かったりするため、爵位が高い家がほとんどだ。

爵位が高い家はエリートを輩出しやすく、精霊信仰にも傾倒していく傾向がある。爵位の高さや家の大きさは財力に結びつくことも多く、教育に力が入るからだ。

教養が深まれば自然と精霊信仰への理解も深まる。精霊信仰に篤い家であればある程、私の存在は鼻持ちならない存在だっただろう。

なにせ魔法も使えず、王族としての務めも果たさない王女だったのだから。

「このままで良いとは思ってないんだけど、私に何か出来る訳じゃないから。派閥としてはグランツ公が後ろ盾になってくれてるし」

「軍閥貴族……地方貴族や爵位が下の貴族がほとんどですね」

「グランツ公が下準備で魔道具の講義の機会を作ってくれたのは、私に合わせてくれた面もあると思ってる。地方の貴族であれば逆に私とは距離が近いというか、接点があるから」

「冒険者やってましたもんね。いや、ウチもお世話になりました」

「いやいや、こっちこそ。だから民に賛同を求めたり働きかけたりすることは出来そうなんだけど。でも結局のところ、これをするには上の承認が下りないことにはダメなんだ」

私は父上に直接、直談判（じかだんぱん）出来る立場にあったし、自分の周囲にしか魔道具を広めなかった。だから許されていたというか、ある程度は見逃されていた。

でも今後はそうも言ってられない。父上もグランツ公も、それから女王を目指しているユフィも、魔道具が国に広がっていくことを願っている。

国に魔道具を普及させるのは私一人ではどうやっても無理。だから出来る人の力を借りる。でも借りっぱなしでいたくはないと思う。目指すのは助け合いだ。

「やっぱり、もうちょっとお手軽に広められるものが必要なんじゃないかと思うんだよ」

「それって魔道具で、ということですよね？」

「うん。私の作ってきた魔道具って便利だけど、実際に使わない人にはありがたみがわからないんだよ」

「あー、保温ポットはまだしもマナ・ブレイドとかそうかもしれないですね」

「私は知識が極端に偏ってる自覚があるから、全うな貴族令嬢であるハルフィスに色々と助言して欲しい」

「それでアニスフィア王女殿下の助けになるのであれば、力を尽くします」

ハルフィスが決意に満ちた表情を浮かべながら胸元に手を当てて答える。実に頼もしい姿だ。離宮にいる私たちって貴族的な一般常識に疎い部分がある。ユフィは公爵家出身だし、レイニは元平民、イリアは実家を出ているからだ。

言い方はあれだけど、貴族として中間層或いはそれよりも下に位置する二人の視点からの意見は大変貴重だ。魔道具だって今より良いものにするのは当然だけど、言葉を少し変えるなら足りないところを埋めるのも魔道具の役割だと思う。

「結局、足りないのは上を説得するための手札なんだよね……」

「説得の手札ですか……」

「結局、私に出来ることと言えば、魔道具の開発ぐらいしか思い付かないから。今ある魔道具は民は欲しがっても、別に上が欲しいと思うようなものじゃないんだよね」

「保温ポットとかマナ・ブレイドは騎士団や冒険者に欲しい奴（やつ）はいるだろうけど、魔法が得意な奴は要らないだろうしなぁ」

「魔道具を疑問視している方はまだ多いでしょうしね。飛行用魔道具の発表で評価は変わって来ていると思いますが……」

　そこまで言ってからハルフィスは口元に指を添えて、何か思い悩むように眉を寄せる。続いて口から出る声も険しいものだった。

「……いえ、それでも説得の手札にするのは難しいかもしれません。飛行用魔道具は実に刺激的で、宣伝効果はありましたけど、新しい概念すぎますから」

「ん？　よくわからんのだが……つまり、それじゃあダメってことなのか？」

　首を傾（かし）げながら問いかけたガッくんに対して、ハルフィスは難しそうな表情のまま首を左右に振った。

「〝飛行用魔道具〟は十分に価値を示したから良いんです。でも、例えば保温ポットを広めるとなると、各家庭で使われている火の精霊石の役割が大きく変わる可能性が予想されます。アニスフィア王女殿下が先程、責任を取れないから普及を見送ったと言いましたが、もし実際に普及が始まって問題が起きた場合、対処するのは誰になると思いますか？」

「誰って……魔道具を作ったんだからアニスフィア様か？」

「勿論(もちろん)、魔道具を改良するという話であればアニスフィア王女殿下が責任を取るという話になるでしょう。そして、ここで言う問題はわかりやすく言うと損が出た時です」

「損？」

「魔道具が普及しました。でも損が出ました。そこで元の生活に戻すにせよ、改良したものを改めて広めるにせよ、国が動かなければいけなくなります。そして国が動くということは人も資金も動きます。ガークさん、ここまでは良いですか？」

「お、おう。そこまではなんとかわかるぜ」

「必ず成功するというのなら誰でも投資します。そして飛行用魔道具は成功を見せました。でも、それはあまりにも新しい概念であり、まだ損得の損がハッキリしてないんです」

「……お、おう？」

「……大丈夫ですか？」

ハルフィスの説明にガッくんが煙を頭から噴きそうになっていた。そんな様子に苦笑しつつ、私は補足するために話を付け足した。

「例えばの話だけど、これで飛行用魔道具をいざ広めてみました。でも事故が多発しました、損が出ました、ってことになったら、本当に広めて大丈夫か？　ってなるでしょ？」

「……そうだなぁ。広めるにせよ、何か手を打つ必要があるってことだよな？」

「でも、それにはお金がかかります。飛行用魔道具はまだ失敗しても損がハッキリと見えないから、とりあえずやってみようという話には持って行けます。最悪の話、失敗したらそのまま開発を打ち切っても良いんです」

「飛行用魔道具はまだ前例がないものだからね。失敗してもなかったものがそのままなくなるだけだからやってみよう、とは言える。でも保温ポットにせよ、マナ・ブレイドにせよ、既存のものと置き換わったり競合する可能性がある場合は渋られる。失敗した時の損がはっきり見えちゃうからね」

「この変化によって割を食う人もいるかもしれないからですね。例えば、マナ・ブレイドが普及したことで普通の剣が売れなくなったら鍛冶師が困りますよね？」

「……それは確かに鍛冶師が困るな」

「でも、いざマナ・ブレイドに問題が起きて普通の剣をやっぱり販売して欲しいという話になりました。でも鍛冶師は既に鍛冶師を廃業していて、鍛冶師の数が足りなくなっていました。そうなる可能性もあります」

「……それは、凄く困ったことになるな」

　私たちの説明を聞いて、ガッくんが悩ましげに眉を寄せながら唸(うな)っている。そして首を傾げながら質問を投げかける。

「……つまり、なんだ？　損はしたくないから変えたくないってことか？」

「損はしたくないし、損になるかもしれない博打もしたくない、が正確かな？　だから魔道具が認められたというよりも、飛行用魔道具しか認められてないが正しい」

「自分の進退が関わってるなら当然のことでしょう。責任を取るのは上とはよく言いますが……だからって好きで責任を取りたいという人もそうはいません」

「でも、それだったら何も変わらないままなんじゃないのか？　成功するものしか普及させませんってことだろ？　でも実際にこうして保温ポットなんかは作られて利用されてるし、便利だと知ったら平民は欲しいと思うようにならないか？」

「……そうですね。でも変わらなかったからこそ、パレッティア王国は色々と問題を抱えたまま来てしまったのだと私は思います」

「……そうか、そういうことか。そうなんだなぁ……」

ガッくんが納得したように腕を組み、神妙な表情で何度も頷いた。ハルフィスは疲れたように溜息を吐いている。

実際、この国は変わらないまま今日まで続いてきた。でも、これからも続くのかと言われればそうじゃない。父上の代で起きたクーデターや、アルくんが起こした婚約破棄騒動がそれを証明してしまっている。

「現状を変えるとしたら、その道筋は大きく分けて二つです。根気よく地道に変えるか、博打を覚悟で変革を起こすかです」

「魔道具の普及ってのは博打になるってことか？」

「今のままだったらね」

もしユフィが王女になってなかったら、私はその博打をするしかなかった。そうなったら国は荒れるしかないだろう。しかも、その可能性が完全に消え去った訳ではない。

だから私がやらなきゃいけないのは根気よく周囲を説得していくことだ。ただし、その説得のための手札がない。これが問題だ。

「何か良いアイディアはないかとは考えてるんだけどね……」

「……それでしたら、一度魔法省の書庫を閲覧しに行くのはどうでしょうか？」

「魔法省の書庫を？」

「はい。あそこには各領地の報告書なども保管されています。過去の記録を閲覧することで、どんな魔道具が普及に向いているのか調査することが出来ると思うんです」

「うーん……それは確かにそうなんだけど……魔法省の書庫かぁ……」

小さい頃とかは入れたと思うんだけど、仲違いしてから魔法省に立ち寄らなくなった。

敵地のようなものだったし。

だけどハルフィスの言うことは尤もだ。今の私に足りないのは知識とアイディア、これを埋めるための情報を求めることは正しい。問題は情報を得られそうな場所が私と因縁がある魔法省の管轄だということだけで。

「……やはり気が乗りませんか？」

「……今までがアレだったからね。でも、そうも言ってられない、か」

以前と状況は変わってきてるし、いつまでも過去を引き摺っている訳にもいかない。それに直接乗り込んで何かしよう、とか思っている訳じゃなくて、あくまで資料を求めに行くだけだ。何も悪いことはしていない。

「それなら覗きに行こうか。何を調べるべきかな……まず精霊石の採取量からかな。それと利用頻度と用途、領地ごとの分布と比較がわかれば良いんだけど、一回で全部調べるのは無理かな。まずは資料を集めて情報を揃えて……」

「……あの、アニスフィア様」

「ん？　どうしたのガッくん。随分と顔色が悪くなってるけど」

「それって、もしかして俺も手伝うんですか？」

「えっ？」

ガッくんは冷や汗を浮かべてるけど、それに対して私は満面の笑みを浮かべて言った。

「さ、頑張ろうね。ハルフィス、ガッくん！」

「うぉぉおおっ、蘇る貴族学院時代の悪夢がぁっ！　提出課題の山がぁっ！」

「はっはっはっ、私は貴族学院に通ったことがないから何もわかんないなぁ」

嫌がるガッくんを引き摺りながら私は魔法省に向かうために歩き出した。後ろから追いかけて来るハルフィスの溜息が聞こえたような気がしたけど、気のせいということにしておこう！

＊　＊　＊

魔法省管轄の書庫はとにかく巨大だ。ここには今までのパレッティア王国が積み重ねてきた歴史が、そっくりそのまま収められていると言っても過言ではない。

一部は図書館のように開放されているけれど、それだってほんの少しだ。職員しか入ることが出来ない区画には重要文書や、禁書指定された書物が保管されていると聞いたことがある。

開放された書庫の一画を訪れると、私に向けて不躾な視線が殺到した。ざわめきが起きて、私たちの進路上の人たちが恐れをなしたかのように去っていく。距離を取った人たちが囁き合っているのが嫌でもわかる。

「……嫌な感じっすね」

「仕方ないよ」

小声でガッくんが私に言ってくる。その声はどこか不機嫌そうなものだ。予想はしていたけれど、実際にこうした対応を取られるのはやっぱり嬉しくないものだ。

「まずは私たちが探している資料が、この区画にあるかどうかの確認かな？　受付に聞いてみようか」

「私が確認して来ますのでアニスフィア王女殿下はお待ちください」

「それじゃあお願いしようかな？　私たちはここで待ってるよ。下手に動き回ると迷惑そうだし」

「はい。それではすぐに戻ります」

ハルフィスが足早に受付のカウンターを目指した。その間、私とガッくんは待ちぼうけになる。視線の数は一向に減る気配はなく、足を止めていると自然と周囲の囁きが聞こえてくる。

「うん。わかりやすいぐらいに歓迎されてないね、これ。逆に笑っちゃうね」

「……そうっすね」

「ガッくんまで険悪にならないでよ？　ここでの揉め事は御法度だよ」

「わかってますよ、それぐらい。ただ……」

「……ただ？　何？」

「……改めて扱いが悪いな、って思い知っただけですよ。胸糞悪い……」

今にも舌打ちしそうな気配を漂わせているガッくん。普段は線のように細められている濃茶色の瞳がうっすらと開いて睥睨している。

私のために怒ってくれてると思うと、なんだか背中が痒くなってきそうだ。誤魔化すようにガッくんの背中をバシバシと叩いておく。

「気にしないの。私だって省みないといけないところもあるんだからお互い様だよ」

「……いや、痛いんですけど？　ちょっと強く叩きすぎじゃないすか？」

「気のせい、気のせい！」

私とのやり取りでガッくんも気概が削がれたのか、険悪な雰囲気が収まっていく。

ガッくんがすっかり落ち着くのとほぼ同時に、聞き慣れた声が聞こえてきた。

「アニス？　こちらに来ていたのですか？」

「ユフィ」

こちらに向かって来たのはユフィだった。その手の中には本が抱えられている。そしてユフィの後ろには濃い茶色の髪の男性が付いている。大人しそうで真面目そうな青年だ。

「ちょっと資料を探そうかと思って……あ、ユフィ。この人が前に話してた私のお側付きになったガッくんだよ」

「ちゃんと本名で紹介してくださいよ⁉ ごほん、ガーク・ランプと申します」

「お話はアニスから聞いています。何かと振り回されることが多いかと思いますが、どうかよろしくお願いしますね」

ユフィがガッくんの挨拶に穏やかに微笑みながら返す。ガッくんはなんだか緊張してしまっているのか、挙動が落ち着いていない。

そんなガッくんを見て、ユフィの後ろにいた青年が小さく笑い声を零した。するとガッくんがじろりと青年を睨み付けた。

「……笑うなよ、マリオン」

「すまない、ガーク。遂に憧れの夢を叶えて、気を張りすぎていないかと心配してしまったんだよ、悪く思わないでくれ」

「余計なことは言わんでよろしい！」

「……ガッくん、知り合いなの？」

「自己紹介が遅れました、アニスフィア王女殿下。私はマリオン・アンティと申します」

「マリオン・アンティ……アンティ伯爵家の？　じゃあ、ハルフィスの婚約者？」

「はい。ハルフィスがお世話になっています」

手に本を抱えながら控え目に一礼をするマリオン。この人がハルフィスの婚約者か。ハルフィスと並べると委員長ペアって感じがする。

「ガークとは貴族学院で同期だったのです」

「あぁ、そういう繋がりだったんだ。ハルフィスも連れてきてるんだけど、受付に資料を探せないか確認を取って貰ってて……」

「……そうでしたか」

はぁ、とユフィがどこか物憂げな溜息を吐く。マリオンも苦笑になりそうな曖昧な微笑を浮かべている。そんな二人の様子に私は眉を顰めてしまった。

「……もしかして、私ここに来ない方が良かった？」

私の問いかけにユフィが何と説明していいものやら、といった表情を浮かべる。少し間を置いてからユフィが口を開こうとすると、それよりも先に私に声をかける者がいた。

「失礼、アニスフィア王女殿下。少々よろしいでしょうか？」

「……ラング？」

そこに立っていたのは意外な人だった。ラング・ヴォルテール、魔法省に名を連ねているエリートの一人で、何かと私に苦言を呈してくるインテリ眼鏡だ。

今日も今日とて神経質そうな表情を浮かべている。いや、いつもより二割増しぐらいに顔が険しい。

また嫌みでも言いに来たのかと思ったけど、その隣に困惑したようなハルフィスがいる。

ハルフィスはマリオンに気付いて軽く目を見張った後、軽く会釈をしていた。その様子を横目で眺めつつ、私はラングに向き直る。

「私に何か用？」

「貴方様の用事に関して幾つかお話がございましたので、ご説明に上がりました。詳しい話は別室でよろしいでしょうか？　ここでは人の目もございますので」

「……そうだね」

こんな不躾な視線が向けられている場所で話なんか出来る筈もない。ラングが一体どんな話をしたいのかはわからないけど、話を聞かないという選択肢もない。

「それではこちらへどうぞ。ユフィリア王女殿下、御前を失礼致します」

「……ええ、お勤めご苦労様です。ラング」

「勿体なきお言葉。マリオン、引き続き頼むぞ」

ラングに声をかけられたユフィは少し後ろ髪を引かれたような様子でマリオンと一緒に

去っていった。去り際、マリオンがハルフィスの肩を優しく叩いていったのが見えた。

ハルフィスもまた笑顔をマリオンに向けて頷いている。そんな様子に少しだけ癒されながら、改めてラングに向き直る。

ラングは一度頷いてから私たちを連れて書庫から応接室の一つへと移った。道中、メイドに声をかけてお茶の用意を指示しつつ、ラングは私たちに席に座るように促した。

「お掛けください。今、お茶を用意させますので」

「お茶を飲みに来た訳じゃないんだけどね……長い話？」

「いえ、そう長くはかからないかと。貴方様に回りくどく話をしても時間の浪費にしかならないでしょう。お茶が来る前ですが、本題に入っても？」

「どうぞ」

「ありがとうございます。……まず前提として、王城の書庫の一部が開放されているのはご存じですね？　貴族学院に通う年齢に達していない子息や令嬢、それからメイドや侍女の奉公で城に上がっている者たちが学ぶ機会を得るためにと開放されています」

「私でも知ってるような一般常識だね？」

王城に勤めている侍女やメイドの中には、実家から奉公として働いている者がいる。

この奉公は貴族学院に通いたくても学費が足りなかったりする場合の救済措置の意味も

含んでいて、そんな苦学生たちが自習出来るようにという狙いがあったりする。

そこから利用する人が増え、今の図書館のような状態になっていったのだ。だから私も小さい頃には入っていたこともあるし、読書好きの貴族や幼い子供にも人気がある。

「はい。ですのでアニスフィア王女殿下が書庫を訪れ、本を閲覧することに何ら制限はございません。その上でお伝えしたいのが、アニスフィア王女殿下がお求めの資料は開放区画にはございません」

「そう。……それだけの話をするためにこの場を用意した訳じゃないよね？」

「はい、こちらも前提の話になります」

「勿体ぶらないで欲しいな、ラング。私にどうして欲しいの？」

「では、端的に。暫く書庫の直接利用は控えていただけないかとお願いに上がりました」

ラングは私を真っ直ぐに見つめてそう言った。思わず私は目を細めてしまったけど、私以上に反応したのはハルフィスとガッくんだった。

「ラング様！　貴方は何を仰っているのですか⁉」

「どうしてアニスフィア王女殿下が利用を控えなければならないんだ？　納得いく説明をお願いしたい。一体、どんな権限があってそのような申し出を！」

「はいはい、二人とも落ち着いて」

いきり立つ二人を抑えつつ、私はラングへと改めて視線を向ける。

「……何か事情があるんだよね？　まぁ、ないと言われる方が変かもね。何せ私と魔法省の関係は最悪だ。その関係かな？」

「まず誤解を解いておきたいのですが、私にはアニスフィア王女殿下の書庫の利用を妨げる権限は持っていません。あくまでお願いを申し上げているのです」

「強制力はない、ってことだね。でもラングは今は私に書庫を利用して欲しくない。それは何故？　ガッくんじゃないけどラングの言い分を聞きたい」

私はラングの様子を探るように見ながら問いかける。暫しラングは口を閉ざし、重々しく溜息を吐いてから語り出した。

「魔法省は長官であったシャルトルーズ伯爵の罪が暴かれたことで長官が不在となっています。今は元長官であった方が代理を務めておりますが、未だに統率が取り切れているとは言えない状況です」

「それはなんとなく聞いてはいたけど、それと私が利用を控えた方が良いのとどう繋がるのかな？」

「現在の魔法省は非常に浮き足立っております。長官の汚職の発覚、貴方が発表した飛行用魔道具の衝撃、王家に養子入りしたユフィリア王女殿下……そして、何より驚くべきは

──精霊契約の真実です」

ラングは私を真っ直ぐ見つめながら複雑な思いが込められた言葉を零す。

精霊契約の真実をユフィは貴族たちに周知していた。精霊契約とは己の内に潜む精霊と一体化することで己を精霊へと変えるという。

肉体は不老不死となり、精神は変質する。肉体を維持しようとする執着が薄れていき、最後には肉体を捨てる。その肉体を捨てた存在が過去、私たちが大精霊と呼んできたものであること。

この発表は貴族たちに大きな衝撃と混乱を齎した。それこそ精霊信仰の根幹が揺らぎかねない程の大事件だ。その中でも特に影響を受けたのが魔法省に関わりが深かった貴族たちだろう。

精霊を絶対のものとして崇めていた彼等が目指した果ては、結局人が変質したものであった。それは水面に石を投じるかの如き波紋を広げた。

この混乱は予期されていた。だから公表を控えるという考えも勿論あった。けれど真実の公表に拘ったのは他でもない、精霊契約者となったユフィだった。

精霊契約を成し遂げることは簡単じゃない。真実が知れ渡ったとしてもすぐ精霊契約者が現れるとは思えない。むしろ実態もわからないまま、今の精霊信仰をそのままにしておく方が良くないとユフィは考えていた。

何も知らないまま精霊契約という偉業を成し遂げたユフィが御輿に担がれても困るというのはわかる。

けれど精霊契約の真実は劇薬だ。だからこそ最も混乱が大きくなるだろうと予測された魔法省に、ユフィ自らが手綱を握るために乗り込んだ。

だから魔法省が浮き足立っているというのは言わずともわかっていたことだったけど、どうにもラングの様子を見る限り私が思っていた以上に状況は良くないのかもしれない。

ここで一度、皆が口を閉ざしてしまったので重たい沈黙が広がっていく。そのタイミングでお茶を持って来てくれたメイドには本当に悪いことをしてしまった。

仕切り直すようにお茶を飲んでから、私はラングと向き直る。

「状況はわかったけど、私が書庫を利用するのを控えて欲しいって言うのとどう繋がるのかがまだ見えて来ないんだけど？」

「現在、魔法省に勤める多くの者は精神的に追い詰められています。明日への不安、信仰が揺らいだことの拠り所への不信感、そして己の立場……全てを失うかもしれないという恐怖を抱いている者が多いのです。他ならぬアニスフィア王女殿下、そしてユフィリア王女殿下の発表によって」

「……追い詰められてる、か」

私はラングの言葉に何とも言えない表情を浮かべて頬を掻いてしまう。

そんなこと言われても、私の胸に浮かぶのは知ったことか、という薄情な感想だった。

「私の立場が良くなったから、今まで虐げてきた自分たちの立場が心配って言ってるように聞こえるけど」

「そのように解釈されても、私たちは何も否定することは出来ないのでしょうね。だからこそアニスフィア王女殿下には魔法省には関わって欲しくないのです。手負いの獣をいたぶる危険性を貴方はご存じの筈だ」

「……そんなに追い詰められてるの？」

「ユフィリア王女殿下でも掌握に悩むほどには、とお答えしておきましょう」

予想以上に状況が悪い、と理解するのには十分な返答だった。眉間に指をのせて揉みほぐしながら私は深く溜息を吐く。そこにラングが更に言葉を重ねる。

「私とて現状に思うことはあります。その上で要らぬ刺激はどのように事態を悪化させるのかわかりません。追い詰められるあまりに何をしでかすかわからぬ者もいます。アニスフィア王女殿下が我らの暴走をお望みでないのであれば、どうかご理解頂きたい」

「……聞いてればそっちの言い分ばかりじゃないのか？」

　私が何か言うよりも前に反応を示したのは、後方で控えていたガッくんだ。

「アニスフィア様は別に何もしてないだろう？　それに情報を閲覧させてくれっていうのは他の部署からも頼まれることだろうが。どうしてアニスフィア様だけ許されないなんて話に筋が通る？」

「ガ、ガークさん！」

　堪えかねたようにガッくんがうっすらと瞳を開きながらラングを睨め付ける。ハルフィスが制止するも、ガッくんは今にも摑みかかりそうな気配を醸し出している。

　ラングはちらりとガッくんに視線を向けた後、ゆっくりと席を立ち上がった。そして私の前まで来ると、跪いて深々と頭を下げた。流石に私も驚いて目を見開いてしまう。

「仰る通り、筋が通らぬ話であることは私とて承知しています。ですからこれは強制ではなく、あくまで私からのお願いです。今はどうか魔法省に関わるのを控えて頂きたい。資料が必要であれば私から人手を割いて、後日離宮にお届け致します。その依頼も誰かを通して頂いて、直接足を運ばないようにして欲しいのです」

　流石に跪いて頭を下げてまで言ったラングにガッくんは何も言えないのか、複雑そうに唇を曲げている。

「……ラング。貴方の言いたいことはわかった。私だって魔法省の混乱を望んでない。だから応じても良いと思ってる」

「……ありがとうございます」

「ただ納得は出来ないよ。……今まで私を虐げてきたのはそっちでしょ」

「……否定は致しません」

「でも、私も貴方（あなた）たちに認められるように振る舞わなかった。だからここは譲り合おう。貴方たちとの関係をこれ以上、悪化させたい訳じゃない。それは私の願いじゃない。情報を探してくれるって言うならこの話はこれで終わりにしよう。頭を上げて」

私がそう言うとラングはゆっくりと立ち上がる。感情を押し殺したような無表情、そこから彼の内心を推測出来るほど、私はラングのことを知らない。そして今は知ろうとするべきじゃないだろう。

「調べて欲しい項目はハルフィスから聞いてるよね？　該当範囲全部だと大変だろうから、司書のオススメから選んで貰（もら）っても良い。足りなければ追加でお願いするから」

「畏（かしこ）まりました」

「それじゃあ、さっさと引き上げるね。行くよ、ハルフィス、ガッくん」

私が二人に声をかけると、二人ともどこか複雑そうな表情を浮かべたまま頷いた。

私たちが退出する前、私たちを見つめているラングが視界に入った。きっと何も言わない方が良かったんだろうけど、口に出さずにはいられなかった。

「ラング」

「……何でしょうか？」

「もし、君に精霊契約が叶うのだとしら目指したい？　人を辞めてでもさ」

私の問いかけにラングは何も答えなかった。ただ私を見返しながら沈黙を保っている。

私はラングの返答を待たずに言葉を続ける。

「即答しないんだね。でも、うん。即答されてたら私、困ってたかな」

「……アニスフィア王女殿下」

「良いよ。きっとそれも正しい。ラングが今まで信じてきたものも、間違いじゃない。その思いや願いがパレッティア王国を守ってきたのは事実だ。でも、ごめんね」

心が淀む。軋んで、悲鳴を上げている。……ずっと目を逸らしてきた痛み。気付かされた痛み。ずっと口に出したかった本音だ。

「――私は伝統に縋っても魔法が使えなかった。魔法の才能なんて欠片もなかった。だから諦めろって言われる世界で私は生きていけないんだよ」

声は震えていないだろうか。そんな心配が浮かぶけど、言葉が止まらない。

「誰も認めてくれなかった。誰も信じてくれなかった。見限られて、罵られて、価値すらなくなって、そんな中で生きていくのは拷問みたいなものだよ。いっそ死ねば良かったかな？　生まれてこない方が誰も不幸にならなかったかな？」

握り締めた拳が震える。今にも爆発しそうな心を宥めるように息を吐く。罵りたい訳でも、傷つけたい訳でもない。それでも止められない。ただ心の底から叫びたくて仕方なかったんだ。

ずっと、ずっと、今までずっと堪えてきたものが滲み出ていく。わかってる、こんなのただの八つ当たりだ。それでも彼に、彼等にずっと言いたかったことだ。

「今更、私の何が怖いって言うのさ。貴方たちが否定したものでしょ。だったら最後まで否定してくれれば、私だってこんなに悩まなくて済むのに。わかり合えないんだって切り捨ててしまえれば楽なのに。……なんで今なの？　どうして今になってそう言うの？」

ラングは何も答えない。視線を逸らさず私を見ている。こんなに真っ直ぐ見つめられたのも初めてかもしれない。きっと、今まで私は彼の瞳に映る価値もなかったから。

「こんなこと言っても仕方ないのもわかってる。この蟠りを越えなきゃいけない。それでも限界はあるよ。……ラング」

出来るだけ声が震えないように。そう思っても声の震えは抑えきれなかった。

「──いつまで私は貴方たちに否定されなきゃいけないの？」

教えてよ、否定するなら教えてよ。否定だけしないで、どうかわかってよ。わかってくれないなら、もう良いよ。知らない、何も知らない。見たくない。聞きたくない。全部、全部、もう背負いたくない。

ユフィに暴かれた傷が痛む。痛いけど、それでも顔を上げる。この傷の痛みを背負っているのはもう私一人じゃない。だから私は前を向くことが出来る。

「……私は歩み寄りたいとは思ってる。それが無理なら争うしかない。出来ればお互いに争わない道があって欲しいと願ってるよ。八つ当たりしてごめんね」

「……いえ」

ラングはただそれだけ言って、後は何も言わなかった。私もラングに背を向けるようにして応接室を後にするのだった。

# 3章　新作の魔道具を作ろう！

書庫でラングからやんわりと退出をお願いされた後、私たちはそのまま離宮へと戻った。その間、ガッくんは不機嫌な様子を隠せていなかったのでハルフィスが心配そうに視線を送っていた。

とりあえず心を和ませようということでイリアにお茶をお願いした。それから書庫であったことを話すと、イリアは僅かに眉を顰めた。

「書庫でそんなことがあったのですか……」

「うん。まぁ、思ったよりも魔法省の状況は良くないみたいだね」

「でも、皆が利用出来る筈の書庫をアニス様が利用出来ないなんておかしいですよ！」

レイニが憤慨した様子で鼻息荒くしながら言い放った。何かと魔法省に隔意がある彼女にとって今回の一件は癪に障ったみたいだった。

なんだか自分よりも周りの方が怒ってくれてるので、私が怒る暇がないような気持ちにさせられてしまう。

「でも、仕方ないよ。今の魔法省は本当に限界なんだろうと思う。それだけ大きな情報を伝えてしまった自覚はあるし、私も別に争いたい訳じゃないから大目に見てあげようよ」

「……俺はアニス様に仕方ないなんて言って欲しくないですけどね」

「ガッくん？」

　薄らと目を開いたまま、不機嫌そうにガッくんが呟いた。少しは落ち着いてくれたかと思ったけど、まだ不満と怒りが収まった訳ではないようだ。

「アニス様がやろうとしていることはこの国のためになることだ。それは飛行用魔道具の発表でもわかる通り、成果は出したじゃないですか？　それに魔法省が地方の貴族たちに何をしてくれたって言うんですか。伝統や地位にしか拘ってなくて、地方に住む奴等のことなんて田舎者って馬鹿にするだけ。何の権利があってあんなお願いが出来るんだ？」

「言いたいことはわからないでもないけど、それを言い出したらキリがないからさ……」

「仕方なくなんてないですよ！　アニス様はやるべきことをやった！　アイツ等はやってない！　なのにアニス様の自由が制限されるなんて納得いかないですよ」

　私よりも悔しそうにガッくんが拳を握り締めている。私はどんな反応をすれば良いのかわからないまま、助けを求めるように皆に視線を向ける。けれどレイニはガッくんに同意しているみたいだし、イリアとハルフィスも諫めようとする気配もない。

「……俺はアニス様に憧れて近衛騎士になりたいと思って王都に来たんです」

「え？」

「アニス様に負けた後、演習中に起きた魔物との遭遇で活躍していたアニス様を見て、俺は情けなくて自分が恥ずかしかった。最初は俺等を馬鹿にしてるのかと思ってたけど、アニス様はただ真剣だった。魔法も使えないのに魔道具を作りだして、自分でそれを使えるように努力してあそこに立っていたんだ。そんな姿を見せられて俺は堪らなくなったんですよ。だからアニス様の側に仕えられることを願って近衛騎士団に入ったんです」

ガッくんの告白に私は目を丸くしてしまう。地方の騎士団で次期団長になってもおかしくない立場のガッくんがなんで近衛騎士団にいるのかと思ったけど、私が理由なんて思いもしなかった。

「貴族でなくても使える魔法の剣。それを作っただけで凄いけど、それを使いこなすために努力だってしたんでしょう。誰もが簡単にアニス様のようになれるなんて思ってない。でも、貴方は見せてくれた。きらきら光って目が眩みそうな可能性を。だから俺はアニス様を応援したいんだ」

そこまで言うと、ガッくんが勢いを失ったように目を細めて肩を落としてしまった。

「……でも何の役にも立ってないな、俺……」

「そんなことないよ。そう思ってくれてるだけで随分励まされるから」

ガッくんのように熱意を持って応援してくれる人がいる。ユフィやイリア、レイニ、そして父上や母上、私の傍にいる人以外でも私の夢に憧れて信じてくれる人がいる。

ハルフィスも、ガッくんも、私にとっては嬉しい出会いだった。これからも一緒に歩めたらいいと思える人たち。同じ夢に向かって歩いていける同志になりたいと。

「確かに魔法省とは関係が悪くて、自由にならないことだってあるよ。でも、それは私が今まで蔑ろにしてきたせいでもあるからお互い様なんだ。だからこそやり直したい。今度こそ色んな人に認めて貰えるように。それは今日明日で解決するようなことじゃないから、ゆっくり一歩ずつでも前に進んで行こう」

少なくともラングの態度が良いとは口が裂けても言えないけど、以前よりは全然マシになっている。

変化はもう始まっているんだ。それなら私がしなきゃいけないことは、この変化を悪しきものにしないことだ。

私の言葉を聞いた皆が、それぞれの表情で何かを思ってくれているみたいだった。それだけでも十分だ。

私の声は確かに誰かに届いている。この実感が私に前に進むための力を与えてくれる。

目標は遠いのだから焦らず、確かに地を踏みしめていこう。無我夢中に走って疲れ果てるのも良いけど、それでも転んでしまうかもしれないから。

だから皆と手を繋いでいける速度で進もう。まぁ、引っ張って振り回すかもしれないけど、それはご愛敬ってことで！

＊＊＊

ハルフィスとガッくんが帰った後、ユフィが離宮に戻ってきた。

ユフィは私の顔を見るなり申し訳なさそうな顔をして、疲れを滲ませた声をかけてくる。

「アニス、今日は本当に申し訳ありませんでした。事前に言っておくべきだったと反省しています」

「書庫のこと？　別にいいよ。私も魔法省の空気があんなに張り詰めたものだとは思わなかったから、ちょっと軽率なことをしちゃったね。先にユフィに相談しておけば良かったって私も思ったからお互い様だよ」

お互いにそう言いながら食堂へと入る。ユフィが仕事から戻ってくる頃に夕食の準備を終えて、そのまま風呂に入って身体を休めるのが最近の生活のリズムだ。ユフィがどうしても遅くなる場合は先んじて使いが出されることになっている。

まずは疲れてるだろうユフィに食事をさせる。今日は出来るだけあっさりめにした方が良いかもという提案が良かったのか、ユフィはぺろりと夕食を食べていた。

食事も終えて雑談の時間になる。やはり話題となるのは書庫での話だ。

「あの後、ラングから話を聞きました。書庫の利用を控えて欲しいとお願いしたと……」

「うん。魔法省の様子だと仕方ないよ、まさに腫れ物扱いというか、何というか……」

「不安なのでしょうね。それだけ精霊信仰は彼等の中で根付いていたということなのでしょう。私としては変わって頂かなければ困るのですが……」

「やっぱり難しそう？」

私の問いかけにユフィは悩ましそうに眉を寄せた。少し間を置いてから、ユフィは渋々といった様子で言葉を続ける。

「……そうですね。まず味方を作ろうにも思想の見極めに時間がかかっているので、なかなか切っ掛けが摑めないまま今に至っています。マリオンやラングが良くしてくれているので進捗がまったくない訳ではないのですが……」

「マリオンはともかく、あのラングが？」

てっきり私の味方であるユフィにもそんなに良い態度を取っているとも思えなかったので、意外と言えば意外だった。

「味方とは言い切れませんが、敵ではありません。少なくとも次の魔法省の長官はラングで良いのではないかと思う程です。まだ若くはありますが、経験さえ積めば彼を支持する層は多いでしょう。実際、魔法省の最低限の規律が保たれているのはラングの尽力が大きいと思います」

「ユフィがそこまで言うんだ……」

「はい。出来れば味方に引き入れたいとは思いますが……敵対的ではなくとも、友好的とは言えませんからね。あくまで魔法省を機能不全にさせないために手を取り合っているという状態です」

「ラングは魔学を嫌ってるからね……敵対的じゃないだけありがたいよ」

本当、敵対されてもおかしくないぐらい昔は言い合ってたし。ラングなりに何か考えるようなことがあったのかもしれない。

けれど、頼りになりそうな人が味方に出来ないというのはユフィも歯嚙みしているようだった。どこかもどかしげに眉間を揉みほぐしている。

離宮という場であってもユフィが苦悩を表に出す姿も珍しいと言えば珍しい。それだけ疲れているというサインかもしれない。

早めに休んだ方が良いよ、と言おうとすると、私よりも先にレイニが声を上げた。

「ユフィリア様、私から一つよろしいでしょうか？」

「レイニ？　どうかしましたか？」

「魔法省のお仕事に私も同行させて頂けないでしょうか？」

レイニの提案にユフィが目を丸くする。私とイリアも似たような反応をしていた。突然とも言える提案にユフィが首を傾げながら問いかける。

「レイニ、どうしたのですか？」

「ユフィリア様は自分の味方を見極めるのに困っているんですよね？　それでしたら私の力がお役に立てると思うんです」

「レイニの力って……もしかしてヴァンパイアの力を使おうって言ってる？」

ヴァンパイアは人から変じた魔物であり、その正体を隠すために人に紛れやすい能力を持っている。

それは魅了の力。自分に好意を抱かせて、意のままに操れる程のものだ。

今のレイニは力を制御出来ているので、その力を封じている。ヴァンパイアの力によって振り回された過去は、レイニにとって苦い記憶になっているからだろう。

だからこそレイニの提案は驚くべきものだった。皆の視線を集めたレイニは小さく息を吐いてから話し始めた。

「勿論、魅了の力で人を操ろうとか思っている訳じゃありませんよ？」

「そんなこと、レイニがするなんて思ってないですが……しかし、ヴァンパイアの力で何をするつもりなのですか？」

「ヴァンパイアの力の使い方を模索している中で色々と発見がありまして、相手の感情を感じ取るような力の使い方も出来るようになってきたんです」

「そんな使い方が出来るようになったの？」

「ヴァンパイアの力でカウンセリングの練習をしている内に掴めてきたんですけど、相手にどんな夢を見せれば良いのか反応を窺っている内に相手の感情をそれとなく読み取れるようになったというか……それを上手く活用すればユフィリア様に好意的な人を探し出せるかと思うんですよ。それがわかればユフィリア様も誰から説得出来るか目星がつけられるようになるんじゃないでしょうか？」

　レイニの提案にユフィが真剣な表情を浮かべて口元に手を添えながら考え込んでいるようだった。確かに相手の感情を読み取ることが出来るなら、味方になってくれそうな人を絞り込むための判断材料になるだろう。

　相変わらずスパイじみたことをやらせると洒落にならないと思い知らされる。レイニがこの力を悪用しようと思っていないことが本当に救いだと思う。

だけど、ろくにレイニのことを知らない人にヴァンパイアの力がバレてしまえば危険だ。どんなに人に近いと言ってもヴァンパイアは魔石を持つ以上、魔物として扱われる。加えて言うなら、一歩間違えば国を容易く滅ぼせる力を持っているのだから、放置は出来ないと考える人は多いだろう。

「……危険です。それに相手は魔法省、貴方の真実を知る過激派がまだいるかもしれないのですよ？　粛清されて力を失ったとはいえ、何も出来ないと考えるのはあまりにも楽観的でしょう。たとえ今は知られていなくても、何が切っ掛けで辿り着くかわかりません」

「でも、怪しもうと思えば私なんてずっと前から怪しまれてますよね？」

「それは……そうですが……」

今は誰も口にすることがなくなってきたけど、アルくんが起こした婚約破棄騒動を忘れた人はそう多くないだろう。

新しい話題が盛り上がっているだけで、あの事件が忘れ去られた訳じゃない。事件の中心にいたレイニは、あくまで説明通りに受け取るなら巻き込まれただけだ。

実際には本当に巻き込まれただけなんだけど、本当にそのまま受け取れる人がどれだけいるだろう？　今でもレイニの動向を気にしている人がいないとは言えない。

「この力を否定することは簡単です。でも、否定しない道を教えて頂いたんです」

レイニは胸元、心臓がある位置に手を添えながらユフィを真っ直ぐ見つめる。その瞳には強い決意が込められているのがわかった。

暫し見つめ合っていたユフィとレイニだけど、やがてユフィが根負けしたように溜息を吐いた。

「……わかりました。ただし、危険だと思ったらすぐに止めさせますからね？」

「はい！　ありがとうございます！」

「お礼を言うのはこちらです。どうか私のために貴方の力を貸してください、レイニ」

ユフィとレイニが微笑み合う。改めて本当に仲良くなったな、と思う。あんな事件から関係が結ばれた二人だけど、今の関係に落ち着いたことは本当に良かったんだろう。

ただレイニがユフィに同行しているとイリアがまた離宮で一人残ることになる。可愛い教え子が自分の手を離れるのは寂しいんじゃないかと、そんなからかいをイリアに言おうとして彼女に視線を向ける。

そこで私は息を止めてしまった。イリアはいつものように澄ましている。だけど視線は微笑み合うユフィとレイニに、正確にはレイニにだけ向けられている。

なんだかその目が寂しそうで、だけど本人がその寂しさを理解していないかのように首を傾げている。私は口に出しかけた言葉を必死の思いで呑み込む。

(洒落にならないところだった……!)

思わぬイリアの反応を見てしまった私はドキドキする胸を撫で下ろしてしまう。危うく藪蛇になるところだった、危ない。

(イリアがこんな反応をするとはねぇ……)

多分、実際本人にもよくわかってないんだろう。イリアは自分の感情の変化に疎い。それを的確に言い表すことも滅多にしない。

ただそのまま抱え込んで、呑み込んで、何事もなかったかのように振る舞う。そういう風に躾けられているから。

イリアがレイニのことをどう思っているのかは私にもわからない。一度、レイニの魅了を受けてレイニに好意を抱いたのは間違いないけど。

でも、あれから継続して魅了にかけられている訳ではないし、これまでイリアの様子が変だとは感じなかった。

でも本人が自覚してないなら態度に変化も出ないものかもしれない。ただでさえイリアは自己主張が控え目な方だし。

(……これは、もしかすると、そういうことなの?)

暫くはちょっとイリアの様子を気にかけておいた方が良いかもしれない。

あまり変なことにならないと良いのだけど。思わぬところから転がってきた不安要素に、私は頭を抱えてしまうのだった。

＊＊＊

レイニがユフィに同行するようになってから数日後、資料を待っている間にハルフィスとガッくんに魔学講座をしながら過ごしていると、ようやく魔法省からの使いがやってきた。

離宮に資料の本を持って来てくれたのはハルフィスの婚約者であるマリオンと、どこか遊び人じみた軽薄そうな青年だった。

髪の色はくすんだ金色で、瞳は濃い茶色。真面目さとは無縁そうな彼は人好きのしそうな笑みを浮かべながら挨拶を述べた。

「どうも、アニスフィア王女殿下！　お会い出来て光栄の至りでございます。あぁ、申し遅れました。私はミゲル・グラファイトと申します。以後、よろしくお願いします」

「はぁ……」

なんだか随分とテンション高い人が来たな、と私は反応に困ってしまう。魔法省にこんなノリの人いたんだ？　魔法省に抱いていた印象と掠(かす)りもしない人だ。

「いや、こうして今をときめく話題の人であるアニスフィア王女殿下とお知り合いになれたことは、まさに精霊のお導きなのではないでしょうか！　今、私は感激に打ち震えております！」

「それはどうも……？」

「ミゲル。アニスフィア王女殿下がお困りになってるので、控えてください」

反応に困っているとマリオンが助け船を出してくれた。やれやれ、と言いたげな仕草に苦労してそうだと思ってしまう。

「ははは！　いやはや、つい逸る気持ちが抑えられずに申し訳ありません！　今回のことはラングから聞いていますよ、本当に魔法省の方々が申し訳ございませんでした！　どうか寛大な心で許して頂ければ！」

「……貴方は魔法省の所属ではないでしょう。さも代表のように謝らないでください」

「えっ、違うの？」

「臨時職員です！」

てへぺろ、と言わんばかりの苛つく笑顔で言われて、私の頬が一瞬引き攣った。マリオンに至っては目の光が死ぬ一歩手前だった。後ろで呆気に取られているハルフィスとガッくんも何も言えない様子だ。

「正確にはうちの爺さまが魔法省長官の代理を任されたんで、隠居した爺さまの手伝いとして抜擢されてしまった憐れな下っ端なのですよ！　今回のことも暇してるならお前がいけとラングに蹴り飛ばされまして……」

「いや、貴方が持っていくって言ってましたよね？」

　マリオンの指摘にミゲルの笑顔のウザさが上がった。あぁ、うん。理解したくないけど理解した。

　このミゲルって奴はそういう人な訳だ。甚だ遺憾ではあるけれど、認めたくはないけれど、こいつは私の同類だ。私よりも自覚的にやってて性質が悪いけど。

「その胡散臭い演技、やめてもらっていい？　癪に障るから」

「おっ、不敬を許してくれんの？　いやぁ、俺も堅苦しいのダメでさ。どうやっても胡散臭いって言われるから手を抜きたいんだよな！」

　ケラケラと笑いながらミゲルが一気に態度を崩してきた。そんなミゲルの態度にマリオンの目の光が遂に死を迎えた。本当にご愁傷様だよ……。

「堅苦しい話が抜きでいいならさっさと本題を済ませようか。これがアニスフィア王女殿下がラングに頼んだ資料だ。必要な資料があったら伝えてくれ。ただあまり持っていかれると管理が大変だからな、貸し出しの上限は設けさせてくれってラングが言ってたぜ」

「わかった。連絡はユフィを通してお願いするよ」

「貸し出しは俺かマリオンが対応するから安心してくれよな！」

「マリオンだけでいいわよ」

「俺、要らない子宣言⁉」

ふざけた態度を取るミゲルを適当にあしらいつつ、マリオンと資料の貸し出しの手続きを進める。それが終わり、無事に本を受け取ることが出来た。

「では、返却の際にまた」

「ええ、お手数をかけるけれどよろしく頼むわ」

「苦労をかけているのは魔法省側の事情が大きく絡んでいますので、むしろこちらが謝罪しなければならないところです」

マリオンが申し訳なさそうに眉を寄せながら言った。そんなマリオンの肩を叩きながらミゲルが言葉を続ける。先程までの態度とは一転して、ふざけた気配がなくなっていた。

「今だけの辛抱ってことで、アニスフィア王女殿下にはご協力頂ければ助かる。それとアイツからしたら余計なお世話だろうが、ラングのことをあんまり悪く思わないでやってくれないか？」

「……なんで貴方がそんなことを？」

「ラングは真面目で不器用だからな。手を抜けば良い所も抜けない神経質な奴なんだよ。もっと余裕を持てって言ってやりたいんだけどな。ただ、悪い奴じゃないんだ。陰では魔法省とアニスフィア王女殿下が揉めないように手を回してるしな」

「そうなの？」

「そうだよ。そもそも、ユフィリア王女殿下にマリオンをつけたのはラングの推薦だぜ？　なぁ、マリオン」

私はミゲルの言ってることが本当なのか確かめるようにマリオンに視線を向けた。マリオンは静かに頷き、肯定を示した。

「私はユフィリア王女殿下と歳が近いですし、派閥は中立に属してますので、各派閥の間を取り持つことが出来るからという理由で推薦を頂きました」

「そうだったんだ……」

「真面目で地道にコツコツとやってるんだ、アイツは。目立たないけど魔法省を支えてる人員の中ではよく働いている方だよ。アニスフィア王女殿下に対して良い印象は持ってないんだろうけど、それでもアイツなりに色々と思う所があって動いてるのは間違いないから、気長に付き合ってくれ」

「別に魔法省と揉めるつもりないよ。変に言いがかりをつけてくるなら私だってそれなりに対応させてもらうだけ」

「そう言ってくれて何よりだ。今後とも仲良くしてくれよな」

「貴方(あなた)とは仲良くしない」

「あれぇーっ⁉」

「あぁもうっ、帰りますよミゲル！　仕事は残ってるんですからね！」

「お、お疲れ様ですマリオン様……」

「頑張れよ、マリオン……」

我慢の限界が来たのか、ミゲルを無理矢理引き摺(ず)っていくようにマリオンが去っていく。去り際(さぎわ)にハルフィスとガッくんに見送られたマリオンは何とも言えない表情のまま、頭を下げていった。

マリオンに引き摺られている間、ミゲルは胡散臭い笑みを浮かべながら手を振っていた。妙な奴と知り合いになってしまったという徒労感が肩にのし掛かり、私たちは示し合わせたように深く溜息(ためいき)を吐(つ)くのだった。

＊　＊　＊

魔法省から借りてきた資料を読み込んでいる間、私たちはただ静かだった。

ガッくんは時折唸りながら本を開いては閉じてを繰り返している。元から勉強の類いは得意ではないらしい。

一方でハルフィスは淡々と本を読み、必要だと思わしき部分を紙に書き留めてメモしている。速読と言わんばかりの速さだ。実に頼りになる。

二人も頑張ってくれているから私も頑張らなきゃいけないんだけど、どうしても眉間に皺を寄せてしまう。それは以前から感じていた疑問ではあったんだけど、ここに来て私の感じていた疑問が本格的に輪郭を帯びてきたような感触を覚える。

「……ねぇ、ハルフィス」

「はい？　何でしょうか、アニスフィア王女殿下」

「考えすぎかと思ってたんだけど……パレッティア王国の本って読みづらくない？」

「読みづらい……ですか？」

作業の手を止めてハルフィスが首を傾げた。何度目かの小休止を取っていたガッくんも顔を上げて私を見る。

「読みづらい、というのは一体……？」

「例えば、今持って来てもらった資料って各領地の近況や税率とかを記録として残さなきゃいけないものだよね？」

「そうですね」

「その記録に残す文書がさ……なんというか、こう、難解な言い回しをされてるように私は感じるんだよ」

「……難解な言い回し？」

「やけに詩的っていうかさ、こう……無駄に貴族的な言い回しって言えばいいのかな」

「あー……なんとなく言いたいことがわからんでもないですね」

ガッくんが遠い目をしながら同意を示すように頷いている。一方でハルフィスが困惑したように首を傾げた。

「……そういうものではないですか？」

「うん。そういうものなんだろうね。それが読みづらくない？　って話なんだよ」

「でも、読めないと本が読めませんよね？」

「うん……」

そう、つまりはそういうことなんだ。パレッティア王国の文章というのはどうにも私からすれば詩的な言い回しが多く感じる。

その詩的な表現を正しく汲み取るために教養が必要となる。だから教養がなければ本は読めない。

私からすれば無駄にしか思えない。正確な記録を残す必要がある文書が難解な言い回しをされているのはおかしいんじゃないかって。

「ハルフィス。今日は晴れだった、という情報を伝えたいのにわざわざ空の色がどんなに美しくて、風にどんな匂いがついていて、雲は何かの形を現してるって情報は必要？」

「……そうですね。必要ではないかもしれませんが、状況を詳しく残すためには有用なのではないでしょうか？」

「でも、パレッティア王国に残された本とか記録文書って詩的な表現を用いて当たり前に感じるんだよね。平民だともっと簡単な文章でやり取りしてるよ」

「平民は文字が読めない方も多いですし、貴族とやり取りするのも羽振りの良い商人などに限られているからではないですか？」

「そういう意味では平民には教養がないから、ってところで話が終わっちゃうと思うんだけど……私が言いたいのはさ、別に詩的な言い回しがダメだと思ってる訳じゃなくて、読む人がちゃんと知識を持ってないと何を書いてるのか読み取るのが困難に思わないか？ってことなんだけど」

「……本ってそういうものではないのですか？」

ハルフィスが首を傾げながらそう言った。そう、それはきっと正しい。

パレッティア王国では、本はちゃんと教養がある人が読んでこそ、正しい知識を授かれるものなんだ。

だから本を読みづらい、読みにくいって言うのは私の努力が足りないって話になるんだろう。でも、私はそこに何とも言えない気持ち悪さのようなものを感じていた。

「アニス、まだこちらで作業していたのですか？」

私が形容しがたい気持ち悪さを言葉にしようと頑張っていると、ノックの後にユフィが顔を見せた。その後ろにはレイニもいる。

「ユフィ？　それにレイニも、もう二人が帰って来る時間になってた？」

「お邪魔しております、ユフィリア王女殿下、レイニさん」

「お勤め、ご苦労様です」

ハルフィスとガッくんが私に続くように丁重に礼をした。ユフィは一つ頷きつつ、机の上に広げられた本へと目を向けた。

「作業は捗（はかど）っていますか？」

「いや、うん、まぁ、それなりに？」

「……何かあったのですか？」

私はユフィに問われたので先程までハルフィスと話していた会話を説明した。

ユフィは私の話を聞くと何か考え込むように顎に指を添え、同じく聞いていたレイニは何度もわかると言わんばかりに頷いていた。

「言い回しを理解するのは大変ですよね、私も苦労しました」

「そういえばレイニさんは元々平民でしたね……」

「平民どころか孤児でしたからね。出来ても文字を覚えるぐらいが精一杯でしたよ。貴族学院に入学するために勉強を頑張りましたけど、本当に辛かったですね……」

しみじみと視線を遠くに飛ばしながら呟くレイニにハルフィスは何とも言えない表情を送っている。すると、不意にユフィが顔を上げた。

「アニスの違和感と言いますか、言わんとすることは理解しました。そして何故そうなるのかも仮説ではありますが、推測出来ます」

「仮説？」

「基本的にパレッティア王国の文書が詩的な言い回しになるのは、貴族が魔法使いだからなのでしょうね」

「……魔法使いだから？」

どうして魔法使いだと文書が詩的な言い回しになるのか。どうにも因果関係が見えなくて私は首を傾げてしまう。

「慣れたものであれば省略も出来ますが、やはり魔法を習う際には詠唱することが基本となります。重要なのは精霊に捧げる祈りであり、もっと言うなら詳細なイメージが必要となります」

「うん……でもなんで魔法の話？」

「貴族は常に想像力、つまり言い方一つでも詩的なものにしてしまう癖というか、習慣があるのでしょう。アニスの言う通り、一つの事実を伝えるためだけに過剰な装飾文を付け加えるのは、読み解くのを難解にしてしまいます。ですが、その難解さこそ私たち貴族にとっては当たり前なのです。常に魔法を意識し、想像力を豊かにし、語彙を鍛えるのです。そうすれば魔法を更に詳細に発動させることが出来ますからね。魔法を扱うための感覚を養うためと言うのが私の仮説です」

「……成る程？　確かに言われてみればわからなくもないかな。私だったら火の玉を出したいなら火の玉、ってそれだけで済ませるけど、貴族の感覚だったら何故火の玉である必要があるのか、火の玉はどんな大きさや形をしているのか、そしてどんなことをするためのものなのかって、どんどん情報を付け加えるのが貴族的というか、魔法使いとしての感覚を養うための基本になってるから文書もそれに倣ったものになるってことだね？」

確認するようにユフィに問いかけると、ユフィも肯定するように頷いた。

「そうですね。加えて言うのであれば魔法省の書庫に収められるような本は基本的に貴族以外は読むことはありません。貴族の嗜みとして当たり前に読めて当然だからこそ、言い回しが難解になったとしても疑問に思わないのでしょう。読めるのであれば簡単な文である必要がないのですから」

「うぅん、それはそうなんだけどさ……ただ実態が知りたくて調査してる時に言い回しが難解な言い方をされると、解読とか解釈に頭を捻らなきゃいけないでしょ？　それが疲れるから無駄に思えちゃって……」

　そこで私は漸く自分の言いたいことが言葉に出来るような気がした。読めるなら問題はないし、それがパレッティア王国の文化だと言うならそれで良いと思う。

だけどこうして調べ物をして、統計なんかを取りたい時には、言い回しの解釈を理解するための別の知識が必要になる。それは私からすれば余分なノイズにしか思えない。

「えっと、文書としては価値があるんだけど、資料としては難解になってるから扱い辛いって言えばいいのかな？」

「そう言われると、そうなのかもしれないですね。私は意識したことないのですが……」

「いや、俺はアニス様の言うことわかりますよ。知りたいことを知るために読みたいのに、読むのに予め言い回しとか知ってなきゃいけないとか」

「別に言い回しが必要ないなら事実だけというか、答えだけ書いてて欲しいというのは私もわかります……」

ユフィは少し困ったように眉を寄せながら言う。私に同意するように頷いたのはガッくんとレイニだ。どちらかと言えば勉強が苦手組である。

その中で唯一、静かにしているのがハルフィスだった。ハルフィスは何か考え込むように口元に手を当てながら沈黙している。

「出来れば知りたい情報が一目でパッとわかるような一覧表でも作ってくれたら良いんだけどね」

「それは難しいかと……魔法省も忙しいですし、資料を作るとなると相応に手間ですからね。あれば使い道はありそうですが、万が一取り合いでも起きたら……」

「数を揃えるのも大変、か」

パレッティア王国の書類って手書きだしね。数を用意するとなると純粋に人の手が足りなくなる。私も成果の発表会とかの前に必要な資料を作るのが憂鬱だったりする。

色々と改革しようとすると何もかもが足りてないように思えて来て大変だ。必要なものを調達しようにも、今度は上を説得しなきゃいけない。そして上を説得するためのものを用意しようにも資料が足りない。資料を探そうにも手間がかかりすぎる。

(前世みたいにパソコンがあれば書類仕事も今より捗りそうなんだけどな……待てよ？　パソコンがあれば？)

ふと、私の脳裏に電流が走ったように閃き(ひらめ)が浮かび上がってきた。

資料閲覧の難点を改善するにしても、そのための労力が計り知れない。その理由の一つに現世での書類が手書きで作成されているのがあげられる。

前世ではパソコンが普及し、書類を作る手間は今世と比べると何十倍も省略しているだろう。けれどパソコンなんてもの、幾ら魔法がある世界とて作り出すことは難しい。

けれどパソコンそのものではなく、あくまで書類を作り出す機能だけ抜き出すなら？　それならワープロ、もっと遡ればタイプライターなんてものも存在していた筈(はず)だ。

書類作業の機械化、もとい魔道具化が出来れば？　なら必要な機能を書きだしてみよう。

文字を手書きではなく入力する形式にしたい。印字、つまり判子みたいに押すように紙に記す機能。そのための入力装置、キーボードのように出来ればいいけど、文字ごとの盤を作ってボタンを押す形式にする？　後はそれを操作するための機構を考えて……。

「……アニス？」

「よし、よし！　このアイディアならいける！　明日(あした)はトマスの所に行かなきゃ！」

「……あの、アニスフィア王女殿下？」

「あー、これは……」

「何か閃いたんでしょうね……頑張ってください、ハルフィス、ガーク」

「えっ？」

「何をっ？」

何か周囲から呆(あき)れたような声だったり、戸惑っているような声が聞こえてきた気がするけど気のせいだよね！　よし、思い付く限りのアイディアを書き留めておかなきゃ！

＊＊＊

「紙に文字を印字する魔道具を作りたい……？」

「そうなの！」

「……またおかしなことを始めたな、コイツ……」

次の日、私はハルフィスとガッくんを連れてトマスの工房へと突撃していた。

ちなみに、エアドラや私やユフィが纏(まと)ったドレスを作ってくれた職人たちにはお披露目の後、多額の報奨金が支払われていてちょっとした宴会が続いたらしい。

魔道具はまだ国が開発中のもので、民の間に広めようとするのは待ったがかかっている。なので魔道具の量産は行われていない。

でも、いつ開発の解禁が行われてもおかしくないということで、職人たちは日々の仕事に励みながら解禁の日を楽しみにしてくれている。

　その中で特に変わりなく平常運転に戻っているのがトマスだった。

　元々、トマスは個人経営の鍛冶屋だ。仕事は以前よりも依頼されることが増えたけれども、別にどこか大きな工房に入ることもしなければ、気の乗らない仕事は受けないという以前と変わらない生活に戻っていた。

　そんな平穏を取り戻したトマスからすれば、私はまた厄介事を運んできたと思われても仕方ないだろう。でも私は気にしない！　相談役を解雇した覚えはないからね！

「これ、だいたいのイメージ図なんだけど……」

　私が広げたイメージ図を描いた紙をトマスは渋々と覗く。ハルフィスとガッくんも興味津々といった様子で後に続いた。

「手書きだとどうしても手が疲れるから、こういう風に文字に対応した盤を用意して、この盤の文字を押すと紙に刻印されていく機構が欲しいの」

「思ったより全うなものだな……文字盤を用意して、その文字に対応して動いて文字を紙に印字していくのか」

「どう？　作れそうかな？」

「俺に言われてもな。形からして近いのは楽器職人じゃねぇか？」

「楽器……言われると鍵盤楽器に似ている構造かもしれませんね」

「入力する機構の部分はな。ただ紙に文字を刻印しても文章にするなら横にずらさなきゃならんし、次の行を打つように機構を作らなきゃいかん。それが出来るかどうかだな。入力装置となる鍵盤が主に魔道具として加工して動くようにすりゃ、手書きよりもこの魔道具を使えば楽に作成出来るって訳だ」

「そう！　それこそが狙いなんだよ！　私は書類の手作業に革命を起こしたい！」

そうすれば仕事が効率化されて余裕が出来る。余裕が出来るということは手のつかなかった仕事に取りかかれる！

「なら、知り合いの楽器職人を紹介するか。まずは工房に行くぞ」

「よし、それじゃあ行こう！」

「……やれやれ、また忙しくなりそうだ」

口では面倒臭そうに言ってるけど、楽しそうな雰囲気まで隠せてないからね、トマス！

＊　＊　＊

トマスが案内してくれて楽器職人の工房を訪ねると、随分と歓迎された。

私の噂は職人たちには広まっているようで、まさか今度は自分たちの所に来てくれるとは思っていなかったと熱烈な歓迎を受けた。

「つまりは音の代わりに文字を紙に印字するように作れるかってことだな？　こいつは」

「出来そうかな？」

「文字を打つ機構自体は応用が出来ると思う。工夫が必要なのは、単純に一文字を打つんじゃなくて文章にする部分か。まぁ、そう難しくはないだろう」

「打鍵の機構の動力には精霊石を使えば良いと思うんだ。ここの仕組みならマナ・ブレイドの機構も転用出来ると思うんだけど……」

「つまり鍵盤に魔力を込めて動かすってことか？　面白い発想だな！　楽器の方にも何か応用出来れば面白そうだ！」

私のアイディアを水を吸うかの如く吸収して、工房長が設計図を完成させていく。

……それからなんだけど、なんというか、とにかく話が早かった。全てがとんとん拍子に進んでいき、話し合いから一週間後には試作品が出来ているというのだから早すぎる。

私も吃驚だ。

「なんというか、餓えた獣に餌を与えてしまったような感じがする……」

「実際、開発には餓えていただろうからな……それだけエアドラのお披露目は影響がデカかったってことだよ」

試作品を見に行く道中でトマスにそんな風に言われてしまった。ハルフィスは私と一緒に唖然としているし、ガッくんはただひたすら感心していた。

そして再度訪れた楽器工房でお披露目された試作品は、限りなくタイプライターと酷似した形状だ。文字を入力するための文字盤と、その文字盤に対応した入力装置。後は紙を台座に置いて入力するだけ。

「よく来てくれたな、アニスフィア王女殿下！　さっそく試してみてくれ！」

「本当に一週間で出来てる……じゃあ、お言葉に甘えて」

工房長に使い方を説明されて、実際に試運転をさせてもらう。文字盤は精霊石を混ぜた素材で出来ているらしく、ここに魔力を通すと対応した文字を紙に打鍵する仕組みになっているという。

なので鍵盤そのものを押し込む必要はなく、ただ触れるだけで良い。鍵盤に触れながら魔力を込めると紙に文字が打ち込まれていく。一文字打つごとに列がズレていき、改行も問題なかった。

試作品としては十分過ぎる程の出来映えだと思う。これを即採用しても良いぐらいには使えると私は感じていた。

「これ、いいね！　ほら、ハルフィスとガッくんもやってみなよ！」

「は、はい！　それでは失礼して……」

ハルフィスも最初はおっかなびっくりに触っていたのだけど、少し触れてコツを摑むとまるでピアノを弾くように滑らかに文字を打っていく。機構が目まぐるしく動き、白い紙の上に印字されていく。

「アニスフィア王女殿下！　これ、凄いです！　手で書くよりも楽になると思います！」

「おー、これいいな。辺境の騎士団だと文字とか綺麗に書けない奴も多いから、そんな人にもこれ使わせたら書類が見やすくなりそうだ」

「いやぁ、こいつは商人たちも目の色を変えて欲しがりそうだな」

皆がわいわいと盛り上がりながら試作品の利用方法を考えている。これは貴族、平民問わず利用出来る。

なんだったら文字を覚えるための遊び道具で、コストを下げたものとか作れないかな？そしたら識字率の向上にも繫がるかもしれない。

「これでも十分、便利なんだけどね……後はこれが複写出来たら製本とか楽になりそうなんだけどなぁ」

「複写……まったく同じ文章を、ということですよね？」

私の呟きを拾ったのか、ハルフィスが口元に指を添えながら呟いた。

「打ち直せば良いだけなんだけどね。でも幾ら楽になっても同じ文章を記入するのも面倒だと言えば面倒じゃない？　だから複写が出来ればな、って思ったんだけど」

「……じゃあ、オルゴールみたいな機構を作れませんか？」

ぽつりとハルフィスが呟いた瞬間、その場にいた皆が動きと口を止めた。そして視線をハルフィスへと集中させると、ハルフィスは慌てたように手と首を振った。

「え、あ、いや、あの。申し訳ありません、ただの思いつきで……！」

「オルゴールと言ったな、貴族のお嬢さん。つまり、なんだ？　オルゴールみたいに入力した文字を記録させて印字を繰り返すってことか？」

「は、はい。オルゴールは演奏を繰り返し行いますよね？　ですので一度入力した文字を記録させておいて、自動的に入力を繰り返すようにすれば複写が可能になりませんか？」

「文字盤が魔力に反応して入力されるんだよね？　その入力の順番を何らかの機構で記憶させればいけるんじゃないかな？」

「打鍵した順番で刻印して、その通りに魔力が通るように機構を作ればいけるか？」

「出来そう？」

「面白ぇ！　やってみようじゃねぇか！」

「上手くいったら魔道具のオルゴールなんかも作れそうだな！　挑戦しがいがあるぜ！」

「やるぞ、お前等ァッ！」

『オォォオオ――――ッ‼』

職人たちが工房長の号令に合わせて熱気の籠もった雄叫びを上げている。ハルフィスは彼等の熱気にあてられてあわあわしている。ガッくんに至っては苦笑気味だ。

その中でただ一人、冷静に事の経緯を見守っていたトマスは静かに溜息を吐いた。

「だから言っただろうが、騒がしいことになるな、って」

＊　＊　＊

「えー……そんな経緯がありまして。完成したのがこちらの魔道具、〝念盤〟でございます」

念を文字盤に込めて動かすので念盤と名付けられた魔道具を、私は早速お披露目することにした。

お披露目の相手は父上、母上、そしてグランツ公だ。場所は父上の執務室。運んでくれたガッくん、ありがとう。ハルフィスの記録再生機能を組み込んだら、初期の試作品よりも大型になっちゃったんだよね。

「入力装置の大元のアイディアは私が、実物を完成させたのは城下町の楽器職人たちです。それから複写のための記録再生機能はこちらのハルフィスのアイディアを取り入れたもので、この装置一台で書類作成の労力が大幅に軽減出来る見込みとなっております」

「成る程……」

グランツ公はそのまま念盤（ソート・ボード）を起動させて、実際に入力を試していた。

改良を重ねた結果、文字の入力だけではなくて線を引く機能までちゃっかり追加したので、書類の作成の労力をかなり下げられると自負している。

最初は片手で一文字ずつ確かめるように入力していたグランツ公。ただひたすら黙っているのでハルフィスなんかは息が詰まりそうなほどに緊張しているようだった。

「……ふむ」

ふと、グランツ公が静かに呟きを零（こぼ）した。

念盤（ソート・ボード）を前にして席に座りなおし、今度は両手で念盤（ソート・ボード）を操作し始めた。様子がおかしくなってきたのは、この後。段々と文字の入力速度が速くなっていく。

あれ？　と思った時にはグランツ公の入力の速度は凄（すさ）まじいものとなっていた。

もう壊れるんじゃないかという勢いで文字が入力されていく。まるでグランツ公の指が別の生き物なんじゃないかと言わんばかりに蠢（うごめ）き、文字盤を操作していく。

瞬く間に書類が作成されていく。その速度は前世のコピー機を彷彿させるような速度だ。速い、とにかく速すぎる。なんだこれ。

「――フッ、フハハッ」

そして、笑い声。誰の笑い声だって？　私だって耳を疑ったけれど、それはグランツ公の笑い声だった。

ヒッ、とハルフィスの小さな悲鳴が零れた。ガッくんも冷や汗を浮かべて顔を引き攣らせていた。

彼等の視線の先にいるグランツ公は、魔物でも逃げ出すんじゃないかと言わんばかりの凶悪な笑みを浮かべている。

時折、思い出したように零れる笑い声。凄まじい勢いで文字を入力していく念盤。次々と完成していく書類。いや、ただ適当に打ってる訳じゃないんだ、これ。

「――これは、大変素晴らしいものをお作りになられましたな、アニスフィア王女殿下」

楽しげな声なのに、なんでこんなに悪寒が止まらないんだろうか。もう私は愛想笑いをするしか出来なかった。

そしてお試し品であった念盤は、そのままグランツ公の強い希望で彼に引き取られることとなったのだった。

見えない、見えないったら見えない。凶悪な笑みで次々と書類を作成しているグランツ公の姿なんて見えないいんだから！

　——だけど、現実から目を逸らそうとしていた私に父上が優しい声で語りかけてきた。

「アニスよ」

「私は何も見えません」

「いや、見えるじゃろ。あんな嬉々として仕事をするグランツを。あの勢いで仕事をされたら私たちの仕事が山積みになる未来が見えるんじゃが、それについてはどう思う？」

「し、仕事が捗って大変よろしいことかと……？」

「そうじゃな。ところで、あれはすぐに量産が可能なのであろうな？　アニス」

「まさか、お披露目だけしておいて量産が出来ないなんてことはないでしょう？」

　父上と母上が満面の笑みを浮かべるけれど、目がまったく笑っていない。二人は私の肩をそれぞれ摑むと、軋むんじゃないかというぐらい力を込めてきた。

　助けを求めるようにハルフィスとガッくんへと視線を送る。二人は勢いよく私から視線を逸らした。皆、見捨てないで、お願い！

「お前は親思いの良い娘だからな……このままグランツを野放しにして私の仕事を崩壊させようなどとは思っていないだろう？」

「ええ、優しい貴方(あなた)ですもの。出来ますよね？　アニス」

両側から優しく囁(ささや)いてくる父上と母上。だけどがっちり肩を掴んでいる力が尋常じゃないんですが。

その間にグランツ公は楽しそうに念盤(ソート・ボード)を弄(いじ)っている。もうちょっとこっちを気にしてくれても良いんですよ？　ねぇ、聞いてますグランツ公？

「しかし、これが普及すると本作りが魔道具だけで賄えてしまうようになるわね……」

「うむ……すぐに手書きの写本が廃れるとは思わんが、一度これを知ってしまうとな」

ふと、冷静になったのか父上と母上が難しい顔をしながら呟き始めた。言われると確かに本作りに革命が起きると働き方が変わっちゃうことになるのか……。

「文字が読めるなら文官の補佐とかで雇うこととか出来ないんでしょうか？」

「文官の補佐……？」

「記録係や、文字の綴(つづ)り間違いの確認とか、そういう仕事があると思うんですけど……」

「オルファンス、グランツがこの調子で仕事をするとチェックの人手が足りると思う？」

「無理だな。文字が読めるという前提があるのであれば、教育期間を設ければ使える人材になるかもしれん。今後、本作りに大きな影響が出るだろうからな、先んじてその道に進めるような人材を取り込むチャンスかもしれん」

「では、アニスの案を採用ということで」

「うむ、今度の会議に念盤（ソート・ボード）と共に提案しよう。職人以外にも官僚になれずに燻（くすぶ）っている貴族の子息もいることだしな。アニスは早く念盤（ソート・ボード）を量産するように」

「任せたわよ、アニス」

「は、はい……」

ニッコリと微笑（ほほえ）みながら圧をかけてくる両親に、私は震えながら返事をするので精一杯だった。そして私は泣きながら城下町に全力疾走して頭を下げにいった。職人の皆は突然湧いた大仕事に、達成感のある快哉（かいさい）を叫んだ。同時に目の光も死んでいた。

こうして念盤（ソート・ボード）は父上たちの熱く力強い宣伝によって驚きの速さで王城内に普及していき、文官補佐として雇い入れられた新人の悲鳴が王城で響き渡るようになるのだった。

わ、私は何も悪いことはしてないもん！

# 4章　広まる変化の兆（きざ）し

うっかり巻き起こしてしまった念盤（ソート・ボード）普及事件、またの名をマゼンタ公爵ご乱心事件から早くも一ヶ月ほどの時間が経過していた。

この間に念盤（ソート・ボード）は一気に王城に広がり、喜びと嘆きの悲鳴と共に受け入れられていった。喜びは手作業が減ることへの喜び、嘆きは効率化された業務によって仕事が増えた人たちの悲鳴だ。

新しく文官補佐として雇われた新人の嘆きが大きかったのは気のせいだと思う。グランツ公、それ玩具（おもちゃ）じゃないんですよ。仕事してるだけ？　そうですか……。

ちなみに念盤（ソート・ボード）はユフィが魔法省内で立場を確立するのにも良（い）い贈り物となったみたいで、ユフィを中心として派閥が纏（まと）まり始めていると本人から聞いている。

幾ら私に対して複雑な感情を抱いているからといって、書類仕事の効率化を図ることが出来る念盤（ソート・ボード）は、喉から手が出るほど有用だったのだとか。でも私には頼みづらいし、私が魔法省には回さないと言い出さないか戦々恐々としていたらしい。

　そこでユフィが真っ先に私と交渉をつけて魔法省にも導入したので、胸を撫(な)で下ろしたのだとか。私としては魔法省の仕事が効率化されて、文書の整理や再編が進んでくれたら何も言うことはない。

　なので最近の私の仕事は念盤(ソート・ボード)の製品チェックと納品、そして納品と同時にご挨拶をかねた地盤作りが主な仕事になっている。

　ちなみに父上からは新作の魔道具は少なくとも二ヶ月は間を置けと言われてしまった。今回はとんだ大騒ぎになったからね、はい。ごめんなさい、反省しています。

　納品の確認のお仕事も片手間に終わってしまうし、魔法省から借りた本で情報を集めながら資料化していくのが最近の私たちの日常になっている。

　ハルフィスはこうした作業は得意なのか、せっせと効率良く励んでいる。手際(てぎわ)が驚く程に良いので、もうハルフィス一人で良いんじゃないかと思う時がある。

　一方でダメダメなのはガッくんである。元々、机に向かうような仕事が得意ではないのか、早々にギブアップすることが多い。

　机にばかり向かっていても気が滅入(めい)るのは当然なので、今日の予定は離宮の私の工房での作業ではなく、近衛(このえ)騎士団の視察に決めたのだった。

「おっ、やってるね。皆(みんな)、マナ・ブレイドの扱いは慣れてきたかな？」

私の目の前では、マナ・ブレイドを構えた騎士たちが向かい合っている。

私が近衛騎士団に提供したマナ・ブレイドは、近衛騎士団から人を募って試験的に運用する部隊が作られた。今、目の前で立ち合いを演じているのがその人たちだ。

そんな彼等の指導役として監督している人がいる。私もよく知る人物であり、彼は私を見かけると表情を綻ばせた。

身体の大きさもあって、黙っていると厳つい顔が怖いのだけど、笑ったりすると愛嬌と人の好さを感じさせてくれる。

「これはアニスフィア王女殿下、よくぞお越しに」

「お疲れ様、シアン男爵」

彼はドラグス・シアン男爵、つまりはレイニの父親だ。冒険者で実績を上げて貴族へと昇格したシアン男爵は今、魔道具の試験運用部隊の指導係を務めている。

元平民なので魔法は使えないものの、それ故に魔道具への理解も早く経験も豊富。そのため指導役に抜擢された。

ちょっと身内の贔屓目がないとは言えなかったけど、冒険者であったという経歴は私と話も通じやすく、適任だと思っている。

「どう？　マナ・ブレイドの運用は」

「ええ、早くこれが世に広まれば良いと、日々思いが募るばかりでございます。実体のない魔法の刃に不安を覚える者もいるでしょうが、予備の武器として持つだけでも十分すぎる程です。魔法を使ってくる魔物に対処するのにも有効でしょうしね」

不敵な笑みを浮かべるシアン男爵はとても頼もしい。最前線から離れて久しいとはいえ、鍛練を欠かしてはいないそうだ。剣の腕前だけ見れば、騎士団の中でも上位に食い込んでくる。

それにシアン男爵が凄いのは剣の腕前だけではない。シアン男爵は困難を恐れずに立ち向かう勇気と、状況を見定めようとする冷静さをバランス良く兼ね備えている。

シアン男爵は剣の腕だけで成り上がった訳ではない。だからこそ彼は今でも男爵家当主としても顔が利く。

生粋の貴族に比べれば粗がない訳ではない。それでも成り上がりの男爵としてはよくやっている方だと思う。

案外、剣術の指導役というのはシアン男爵にとっては天職なのかもしれない。レイニから今の仕事を任されてから生き生きしているという話は聞かされたことがある。

レイニの問題で色々とあったシアン男爵だけど、良い状況に転じてくれたことは素直に良かったと思えた。

「ご無沙汰しております、シアン男爵」

「お勤めご苦労様です」

「おぉ、ガーク殿にハルフィス嬢。アニスフィア王女殿下の下で励んでいるとお聞きしています。お元気そうで何よりです」

私に続いてガッくんとハルフィスが挨拶すると、シアン男爵は表情を綻ばせた。

指導役として近衛騎士団に顔を出すことが多いシアン男爵は二人とも面識があったらしい。穏やかに挨拶を交わしながら、改めてマナ・ブレイドを振るっている騎士たちを観察してみる。

「しかし、扱いに慣れてきたとはいえ、まだまだアニスフィア王女殿下の足下にも及びません。改めて貴方様の凄さを実感致します」

「……ん？　マナ・ブレイドは特に難しくないと思うけど……」

「何を仰いますか。アニスフィア王女殿下は自由自在に剣の間合いを変えることが出来るではありませんか。あれは簡単に真似出来るものではありませんよ」

「あれは見えてる範囲に剣を届かせるために魔力量を調整したり、形状を変えたりするだけだよ？」

「口にするだけなら簡単ですが、どうですか？　ガーク殿。近衛騎士団の中でも魔道具の扱いは優れていると評価された貴方からのご意見は」

「突然、獲物の間合いが変わるのって怖くないですか？　あと、そんな細かい調整を戦いながらやるのって難しいですって。全体把握してないと味方を巻き込んだら洒落にならないですし、伸ばした刃を引っ込める前に横から強襲とかされたら対応出来るかどうか」

シアン男爵に話を振られると、ガッくんが渋い表情を浮かべてそう言い放った。

そんなに難しいかな？　と思っていることが顔に出ていたのか、ガッくんが口をへの字に曲げてしまった。ハルフィスも苦笑を浮かべてしまっている。

二人の反応を見てシアン男爵が面白いと言わんばかりに小さく笑い声を零した。

「自分のこととなるとなかなか正しい評価が見えておられないようですな、アニスフィア王女殿下は」

「うーん……そうなのかな……」

ちょっと最近、自己評価に自信がないのは確かだ。かといって他人の評価をそっくりそのまま受け止めるのも違う気がして何とも言えない。

「シアン男爵！　お話の途中でよろしいでしょうか？」

「うむ？　どうかされたか？」

シアン男爵と話していると、訓練に勤しんでいた騎士たちが集まってきた。

丁度一息の時間になったのかもしれない。そう思っていると彼等の視線が私に集中する。

「もしアニスフィア王女殿下にお時間を頂けるのであれば、マナ・ブレイドの使用のコツを伝授して頂ければと！」

その声には迸るような熱意が籠もっていた。思わず背を仰け反らしてしまう。

先陣を切った騎士に続いて他の騎士たちもお願いします！　と声を揃えてきた。

「ふむ……如何でしょうか？　アニスフィア王女殿下」

「実演するぐらいなら良いよ？　流石に一人一人に指導するのは無理だけど、誰か代表して立ち合い稽古でもする？」

「アニスフィア王女殿下がよろしいのであれば。では……お相手は、ガーク殿にお願いしましょうか」

「えっ」

突然話を振られたガッくんは、驚いたようにシアン男爵へと視線を向けた。

「良いんですか？」

「この場においてガーク殿が一番、適任かと思います。異論がある方はおられるか？」

シアン男爵が騎士たちへと確認を取ると、皆が声を揃えて異論なしと返答した。ガッくんはますます困惑したような顔で騎士たちを見ている。

「ガッくん、君ってそんなに強かったの？」

「いや、そんなことないですよ？」

思わず気になってガッくんに問いかけたけど、凄い勢いで首を横に振った。

「確かに魔法も加えた総合力ならガークは秀でた騎士とは言えないでしょう」

「ですが剣一本での競い合いとなれば、ガークを崩せる人は数少ないですよ」

「ガークを崩せるのって騎士団長とシアン男爵ぐらいしか見たことないしなぁ」

「剣の腕前だけならそこまで強いってこと？」

私が問いかけると、騎士たちは何とも言えない表情を浮かべた。

「ガークは攻撃は並ぐらいなんですけど……防御だけはめちゃくちゃ上手いんですよ」

「魔法で崩すことを前提にしないと勝てる見込みがないです」

「なので相手の全力を引き出すことに関してはガークは近衛騎士団の中で最も優れた者と言えると思います！」

「そう言われるとちょっと気になってきちゃったな。ガッくん、立ち合ってみようか？」

「……やれと言われたら従いますけど」

やれやれ、と言わんばかりに肩を竦めているけれど、ガッくんはやる気を見せるように肩をぐるぐる回し始める。

セレスティアルを貰ってからは、マナ・ブレイドも扱う機会がなかったので手に持つのは久しぶりだ。私は二本、ガッくんは一本受け取って互いに向き合う。

私たちの周囲には騎士たちがずらりと並び、審判として中央にシアン男爵が立つ。ハルフィスはその近くに陣取っていた。

「それでは、お二方の立ち合いを見届けさせて頂きたく思います。立ち会い人はこの私、ドラグス・シアンが務めます。双方、礼！」

形式に則って私とガッくんは礼をして、構えを取る。ガッくんの構えは剣先を水平より少し下げた下段の構えだ。薄らと開いた瞳で油断なく私の動きを警戒している。

まずは小手調べと言わんばかりに私は攻撃を仕掛ける。首を狙った一撃は打ち上げるように跳ね上げて対応される。

そこから剣戟の応酬が始まる。右のマナ・ブレイドが弾かれれば今度は左のマナ・ブレイドを振るう。何度も攻防を繰り返し、切り落としから逆袈裟斬り、時には突きも交えながらガッくんを攻め立てる。

「――ハハッ」

私の口から笑い声が零れた。さっきから私が攻めるばかりでガッくんは反撃して来ない。反撃を許す隙を与えていないのも確かだけど、それでも笑ってしまうことが起きている。

——ガッくんはこの立ち合いの最中にあって〝一歩〟も動いていないからだ。

勿論、私に合わせて身体の向きを変えはする。けれど、それだけだ。決められた円の中だけで足を動かしているかのようだ。

それでも私の攻撃が通らない。ガッくんの剣はひたすらに巧みで速いのだ。

私の攻撃に対して反応する速度が速い。打ち払うための一撃は最小限で、すぐに構えが元に戻る。

どんな角度、どんな攻撃を加えても体勢が崩せない。だからこそ下手に大振りの攻撃なんてしようものなら、その隙を突かれてしまいそうな緊迫感。

まるで壁に向かって剣を振っているかのようだ。それだけ大きく、揺るがず、それでいて鋭い剣筋だ。

剣を交わす度に見えてくる。これはガッくんの研鑽の賜物だ。ただひたすらに己を鍛え上げた無骨な剣筋。愚直なまでに上を目指し、どんな一撃すらも凌いでみせると言わんばかりの執念を感じさせる。

舞うような美しさはなく、目を見張るような派手さもない。最小の動作で最大限の効果を発揮するためだけに磨かれた技だ。飾るような美しさはない、だからこそ逆に美しいと思える剣の型。

　そして、その努力を惜しみなく全力でぶつけてくる気迫の大きさと力強さに私は震えた。立ち合いの最中に悪寒を感じた相手はそんなに多くはない。その中でも名前を挙げるとするなら、やっぱりユフィだろう。

（ユフィ並みに崩せないって、ちょっと逆に笑えてきちゃうんだけど）

　確かにガッくんは攻撃を得意としていないのかもしれない。慎重すぎるのか、私がわざと見せた隙にも簡単には食いついてこなかった。

　これがユフィであれば私も強引に食い破る勢いで攻めないと、強力な魔法で状況を引っ繰り返されるかもしれないと焦っただろう。

　けれど、逆に言えばガッくんにはユフィのような状況を引っ繰り返す手札がない。だから私には攻撃に集中する余裕がある。

　それでも尚、崩せない。どこをどうやっても対応され、弾かれる。基礎がしっかりしているからこそ、どんな剣筋にも即応出来る。

　口にするのは簡単だ、だけど実行するのは難しい。でも、ガッくんは体現してしまっている。それがどれだけ凄いことなのか、彼はきっと自覚していないのだろうと思う。

　単純な剣技では、私はガッくんを崩せない。負けもしないだろうけど、勝ちを拾うことも出来ない。成る程、これは他の騎士たちが微妙な顔をする訳だ。

「……凄いね、ガッくん。本当にあれから努力をしたんでしょう？　出会った時とは比べものにならないよ」

「お褒めに与（あずか）り、光栄です」

　私が息を吐（つ）くように告げた言葉にガッくんは淡々と言葉を返す。息が一切上がってないし、動揺も見られない。いっそゴーレムか何かなんじゃないかと思う程だ。

　体格も体力もガッくんの方が秀でていると見た方がいいな。最近、ちょっと怠けてたから息が上がりそうになってる。これはちょっと鍛え直しておかないといけないかな、と思いつつ私は口の端を吊（つ）り上げる。

「……ガッくん、身体強化ありにしても良い？」

「えぇ、構いませんよ」

「そう、ありがとう。──じゃあ、上げて行くよ」

　背中の刻印紋に意識を向けて、ドラゴンの魔力を引き出す。漲（みなぎ）る力をそのまま足に込めて、私はガッくんとの距離を詰めた。

　そこでガッくんは初めて積極的に足を動かし、退（ひ）くようにして衝撃を逃がしながら私の一撃を受け止めた。

「ぐっ……！」

今まで動かなかったガッくんの表情が苦悶に歪んだ。ガッくんも身体強化を使っているんだろうけど、出力では間違いなくこっちの方が上だ。

だから力でガッくんを上回っている筈なのに、それでも鉄壁を崩せない。

私のような実戦の勘と経験で培ってきた我流とも違う在り方。私よりも愚直に、真っ直ぐ突き通したような剣技だ。

きっと努力の方向性は似ているんだと思う。そして私のように寄り道もしなかった故に身についたんだろう。

この世界が剣の腕前だけで決まるなら、ガッくんはもっと評価されている筈だ。だからこそ勿体ない、と思ってしまった。

例えばもしも、ガッくんを高みに導けるような師匠がいれば。

例えばもしも、ガッくんが競い合えるようなライバルがいれば。

己だけに向き合った剣だからこそ、ガッくんの剣は何かが一歩足りてないように感じる。

「良い腕前だね、本当に。でも――ッ！」

私は大きく後ろに跳躍し、距離を取りながらマナ・ブレイドを大きく振った。ガッくんと距離は離れていくのにマナ・ブレイドだけは伸びていき、ガッくんの横腹を狙う。

ガッくんはしっかり大地を踏みしめながら私の一撃を受け止める。

その受け止めた瞬間に私はマナ・ブレイドの刃を消した。代わりにもう片方のマナ・ブレイドに魔力を込めて出力を上昇させる。

ガッくんが受け止める体勢を取ると確信してからの動作。これならガッくんの対応力に追いつける。更にガッくんの対応力を上回るために刃の出力を増幅させながら、反転するようにガッくんへと飛びかかる。

身体強化で間合いを一気に詰め、マナ・ブレイドの出力を最大限に。私の一撃を受け止めたガッくんは一瞬だけ硬直していたものの、すぐに身体が反応している。

互いのマナ・ブレイドの刃と噛み合って火花を散らし——私のマナ・ブレイドの魔力刃がくにゃりと曲がった。

まるで鞭のように撓った魔力刃は刃先をガッくんの首へと突きつける。刃先を首に突きつけられたのと同時にガッくんの動きが止まる。

酷く納得がいかないと言わんばかりの、それでいて情けない表情を浮かべながらガッくんは溜息を吐いた。

「……俺の負けです」

ガッくんは項垂れながら自分の負けを宣言した。同時に騎士たちから大きな歓声が上がる。我を忘れていたと言わんばかりの騎士たちを静かにさせたのはシアン男爵だった。

「双方、お疲れ様でした。今後の研鑽のための見本になったでしょう。流石はアニスフィア王女殿下、見事な立ち回りでございました。その相手を務めたガーク殿も実に素晴らしい腕前をお持ちだ」

「流石にマナ・ブレイドの扱いに関しては簡単に譲れないよ。でも純粋な剣技だけだったらガッくんを押し切れなかったのは、剣を嗜む身としては悔しいかな」

「いや、俺は防ぐので手一杯なんで……あと、やっぱり間合いを変えてくるのは厄介すぎますよ。しかもアニス様は瞬発力もあるんで、追いつけても次が間に合わない状況に持ち込めるのは見事としか言えないです」

ガッくんは清々しそうに笑みを浮かべながら言った。そこに負けたことに対する悔しさは感じられなかった。むしろ私の方がちょっと悔しく思ってるんじゃないかな。

最近は気も緩んでたのもあったし、少し鍛え直そうかなと思う私だった。

＊＊＊

ガッくんとの立ち合い稽古の後、私は騎士たちとは別れてシアン男爵と別室へと移動した。その場を離れる間際まで賞賛と質問の声が留まるところを知らなかった。

部屋に入って少し経つとメイドが用意してくれたお茶が並べられる。渇いた喉を潤すと、シアン男爵が労い(ねぎら)の言葉をかけてくれた。

「急な頼みでしたが、引き受けて頂いてありがとうございました。彼等にも良い刺激となることでしょう」

「これも魔道具普及のためだから大丈夫。私で力になれることがあるなら気軽に言ってくれて良いよ、シアン男爵」

「心強いお言葉をありがとうございます。この役目を賜ってから充実した日々を送らせて頂いております。やはり私にはこうした身体を動かす仕事の方が向いているのでしょう」

シアン男爵は穏やかな笑みを浮かべてそう言った。

最初に出会った時は、レイニが婚約破棄騒動の一件で父上に謁見した時だったか。随分と血の気も引いて余裕がなかったシアン男爵が、こうしてのびのびと過ごせているのであれば本当に良かったと思う。

そんなことを考えていると、シアン男爵がどこか雰囲気を変えたように感じた。何か話題を切り出そうとして、だけど葛藤して言い出せないといったような仕草だ。

「シアン男爵？　もしかして、何か私に話があったから場所をこっちに変えた？」

「……申し訳ありません、態度に出てしまいましたか。お恥ずかしい」

「それは構わないけど……何か困り事？」

「仕事の話ではなく、我が家のことですので……ただアニスフィア王女殿下とはまったくの無関係とも言い切れず、貴方様に話すことも正しいのか判断に悩んでおりました」

「家？　シアン男爵家に何か問題が……？」

「その様子ですと、レイニもアニスフィア王女殿下には何も伝えていないのですね。そうなると私からお伝えするのは筋が通っていないと思わなくもないのですが……」

「あぁ……レイニだったら黙ってそうだね」

レイニはとても慎ましく責任感も強い子だ。だから自分の家の事情で私たちを煩わせたくないと考えるのはとても自然だと思う。

それにしてもシアン男爵家の問題で、私に関係がある問題って一体何だろう？　想像が出来ないな。

「レイニには私が無理に聞き出したってことにするから、話して貰えないかな？」

「……あの、アニスフィア王女殿下。私たちは席を外した方が良いでしょうか？」

ハルフィスが恐る恐る私とシアン男爵の顔を交互に見ている。

確かにシアン男爵家に関わる話をハルフィスたちに聞かせて良いものかは私にもわからない。

確認のために窺うようにシアン男爵を見ると、彼は首を左右に振った。

「良ければ聞いて頂ければと思います。もしかすると同じ災難が降りかかる可能性もございますから」

「災難……？」

「……今、我が家にはレイニへの婚約の打診が殺到している状態なのです」

「はい？　婚約の打診？」

思わぬ話に私は目を丸くしてしまった。ハルフィスとガッくんもきょとんとしている。けれど打ち明けてくれたシアン男爵はその表情を悩ましげに歪めていた。

「レイニが今、ユフィリア王女殿下の秘書として魔法省に顔を出していることはご存じのことかと思いますが、そこで多くの方々がレイニを見初めた……とは申し出て来ているのですが、本気が三割ほど、あと七割は打算も目的といったところでしょうか」

「あー……そっか、そういう問題が出てくる可能性があることを完全に失念していたな」

私は思わず額に手を当てて呻いてしまった。確かに今、レイニは密かに人気を高めているという話をユフィから聞いていた。

元々、レイニは礼儀正しく真面目で人当たりの良い子だ。そこにヴァンパイアの能力も駆使して人の心に寄り添うことが非常に上手だ。その手の分野にはチートと言っても良い程に便利な能力がある上、それを性格で使いこなしているようなものだ。

そんな彼女の立ち振る舞いは魔法省でも清涼剤のような役割を果たし、ユフィと繋ぎを取りたくても立場や私との関係から二の足を踏んでいた者もレイニの薦めや仲介を受けて会話することが増えたという。

その裏にはレイニがヴァンパイアの能力の精神干渉が役立てられている。干渉といっても表層に湧き出る感情などを読み取るだけのものだけど、その上で真摯に優しさを込めた対応に絆される人も多く、全体の雰囲気が和らいできているのだとか。

勿論、敵対的や邪なことを企てる輩はこの時点でそれとなく遠ざけられている。強引に関わってこようとする時もあったらしいけど、そこはユフィが毅然として対応している。結果として上手く事は進んでいるとは聞いていた。でもシアン男爵の報告を聞くと逆に効果が出過ぎたのかもしれない。

「私やユフィと違ってレイニは男爵、しかも平民から成り上がりの貴族の娘だ。私たちとお近づきになりたい家からすると格好の獲物だね……」

「同じ男爵家や、妻の実家である子爵家と同格ならばこちらからお断りすることは出来るのですが、伯爵家や侯爵家になると……」

「来てるの？」

「ええ……それも何通も」

「何通も。いや、でも魔法省で見初めた、って言うならあそこは高位貴族が多いからそうなるのか……」

それはシアン男爵では対応が難しい、というかほぼ不可能と言ってもよい。高位貴族からの打診なんて下手に断れば面倒なことになる未来しか見えない。

「レイニも侍女として働くことが望みで、今後も婚約をするつもりはないと言っています。なので先方にはお断りを入れなければならないのですが、高位貴族と揉めた場合に私どもでは対処が出来ません。ですので心苦しくはあるのですが、王女殿下たちのお力をお借りするしかないと思っておりました」

「そうだね、それが正しい対応だと思うよ」

シアン男爵が立場が低い故に断れないと言うのなら、私たちを頼るのは当然のことだと思う。むしろそうしてくれた方がこちらとしては助かるんだけど……。

「ただレイニが心苦しいと思っているようでして。自分から伝えるので、まだ王女殿下たちには伏せておいて欲しいと頼まれたのですが……」

「これが個人間での交際の申し込みならレイニの問題だって言ってたけど、私とユフィに取り入りたいためとなると、本人や家の問題だけでは済まないからね。もっと早くに話して欲しかったとさえ思うよ」

「申し訳ございません……」

「レイニは後で私から叱っておくよ。今更水臭いってね」

私たちだってレイニの婚約の打診に口を出したら周りから色々と言われてしまうだろう。レイニはそれを気にして自分から言い出せなくなってしまったんじゃないかと思う。

でもレイニの婚姻は派閥間の問題だけでなくて、レイニ自身、そして私たちの問題でもある。

ヴァンパイアであることを伏せているレイニが普通に結婚する道があるのかと言われると、正直難しいと思う。

だからこそ、尚のことレイニには私たちを頼って欲しかったと思う。責任感が強すぎるのも考えものかな。きっと罪悪感だとか、トラウマとかも混じってそうなんだけども。

「シアン男爵、この話を俺たちにも話したのは……」

「ガーク殿は婚約者がおられないと聞いておりますし、ハルフィス嬢も……最近、何かとその手の話が耳に入っておりましたので、勝手ながら心配しておりました」

シアン男爵の言葉にハルフィスが沈んだような表情を浮かべてしまっている。

「……お気遣いありがとうございます」

「ハルフィスも何か揉めてたの？」

「以前からマリオン様との婚約を撤回することを勧められていました。アンティ伯爵家は今となっては魔法省の中でも力を持つ家ですので、跡取りではなくても縁を結びたいという方は多かったのです」

ハルフィスの話を聞いて、私は額に手を当てて深く溜息を吐いてしまった。

貴族は家同士の繋がりが大事なのは私だって理解している。その中には心情を抜きにして契約だけで婚姻が結ばれる家があるのだってわかってる。

だからといって度も過ぎれば、しかも私の周囲で起きるのはどうも我慢ならない。それで悲しむ人が生まれるなら尚のことだ。

「ハルフィス、もし困ったことがあったら貴方も私に相談してくれていいからね？」

「ありがとうございます、アニスフィア王女殿下。本当に自分ではどうしようもないような事態になったらご相談します。恐らくは大丈夫だと思いますが……」

ハルフィスは少し困ったように眉尻を下げながらお礼の言葉を告げる。その返答に私は何とも言えない表情を浮かべることしか出来なかった。

＊　＊　＊

「レイニ、隠し事をするのは良いけど、隠しちゃいけないこともあるからね？」

　その夜、離宮で食事を終えて歓談の時間に入った瞬間に私はレイニに告げた。

　レイニは私の言葉に硬直してしまい、そんなレイニにユフィとイリアが訝(いぶか)しむような視線を向ける。

「あの、アニス様、何の話ですか……？」

「今日、シアン男爵と会ったよ」

「……お父様」

　喋(しゃべ)ったんですか、と小さく呻くような呟(つぶや)きが聞こえてきた。レイニは目元を隠すように片手を当てて頭(こうべ)を垂れてしまった。

「自分で対処出来ると思ったの？　それだったらお馬鹿さんって言うしかないんだけど。どうせ私たちに迷惑をかけたくないからって言い渋ってたんでしょう？」

「うっ……」

「アニス？　レイニに何かあったのですか？」

「……ユフィ、最近レイニと一緒にいるけれど、何か変わったこととかなかった？」

「……いえ、心当たりは特に」

「レイニに対しての周囲の反応とかは？」

「心を開いてくれた方が増えたように思います。魔法省の空気も明るくなって……あっ」

ユフィはそこまで言ってから、何かに気付いたように目を瞬(まばた)きした後、悩ましげに眉を寄せた。皺(しわ)がついた眉間に指を添えてから深々と息を吐き出す。

「……失念していました。そういうことですか」

「……あぁ。もしや婚約の打診が届いていたりするのですか？」

イリアも察したようにレイニに問いかけると、レイニは視線を明後日(あさって)の方向に逸(そ)らして黙り込んでしまった。

「伯爵や侯爵からも打診が届いてるって聞いたよ？　そんなのシアン男爵にお断りさせるのは無理だよ？　下手すると揉めるよ？」

「……わかっています。でも……」

「自分で本人と直接話せば良い、と思ってるんだとしたらそれもダメだからね？　レイニに手を出せば私とユフィが動くのはわかってるだろうけど、万が一ってこともある」

追い詰められた人も、自分のことを盲信している人も、どっちにしろ何をしでかすのかわからない。私が言うと説得力がないから口にはしないけど。

「レイニ、もっと自覚して欲しい。貴方(あなた)には万が一が起きてはいけないんだよ。それだけ貴方の力は重要なの。それに貴方自身のことだって心配だよ。レイニが困っているなら私たちは全力で助けるよ。貴方のことを大事に思ってるんだから」

「そうですよ。レイニがいなかったら私たちはこうして集っていなかったかもしれませんし、何より頼って貰えないというのが悲しいです。貴方だって私たちの助けになりたいから私に同行を申し出てくれたのでしょう？」

「それは……私は、恩を返したくて……なのに迷惑をかけるなんて……」

「それが水臭いって言うんだよ、レイニ。お互い様じゃないのかな、それは」

「私が不甲斐ないせいでレイニに余計な負担をかけてしまったんじゃないかと思ってしまいますね。だから、この程度の問題なんて気にしなくていいんですよ」

「アニス様……ユフィリア様……」

私たちの言葉にレイニが涙ぐんでしまう。その涙を隠すように指で拭うも、涙が次々と浮かんできているのが見えた。

「誰が欠けても今の関係はなかった。今日に至るまでの全部が正しいものだった訳じゃないけど、それでも間違いも含めて今があるんだよ。周りの人に迷惑をかけたくないと思うのは良いことだけど、貴方を大事に思う私たちの気持ちも大切にして欲しいと思うの」

「……はい」

「もっと早く気付いてあげられなくてごめんね。自分で解決出来なくて、私たちにも言い出せなくて辛かったでしょう？」

レイニは何度も鼻水を啜りながら首を左右に振った。吐息が震えているのが離れていてもわかる。漏れてしまいそうな嗚咽を抑えようとしているんだろう。

レイニが落ち着くのを待ってから、私は改めて話を切り出す。

「レイニ、シアン男爵に婚約の申し出は私とユフィが侍女として離宮に置いておきたいからお断りしてるって言うように伝えて。それと自分たちで断れそうにない高位貴族からの打診は私たちで返信するからこっちに回して」

「申し訳ありません……父に伝えておきます……」

「いいよ、予想していたのに対策を怠った私たちも悪い」

「そうですね。立場を考えれば格好の獲物ですし、何よりレイニは可愛らしいですから」

「ユ、ユフィリア様？」

レイニが顔を赤くして慌てたようにユフィを見ると、ユフィはクスクスと笑い出した。からかわれたことを悟ったのか、レイニは頬を膨らませてジト目でユフィを睨む。

そんな二人が微笑ましくて、つい笑みが零れてしまう。二人の出会いの切っ掛けを考えれば、ここまで仲良く出来ているのも奇跡みたいなものだ。

けれど、不意に視線を逸らすとイリアが視界に入ってしまった。イリアは心ここにあらずといった様子でレイニを見つめている。

そんなイリアの何とも言えない危うげな気配に私は眉を寄せてしまう。

（うーん、この状況は色々と不安になっちゃうな。何か対策を考えた方が良いかもしれない。でも、対策するにしてもレイニの気持ちが大事だしなぁ……どうしたものかな）

私とユフィが幾らレイニを守ろうとしても横槍を入れてくる人はいるだろう。根本的な解決にはなっていないから、それは考え得る想定だ。

誰かにレイニの事情を話せる人を捕まえて婚約を偽装するという手も取れなくはないけど、レイニは望まないだろう。

このまま何事も起きなければ良いんだけど、そうはならないのだろう。これからの面倒事に思いを馳せて、私はそっと溜息を吐くのだった。

# 5章　悩める吸血鬼少女

私、レイニ・シアンのこれまでの人生は、波瀾万丈の一言で表せると思う。

私は母親と共に旅の中で育った。それすらもとても小さな頃の記憶で、母について覚えていることは数少ない。

何せ顔もろくに思い出せない程だ。それでも優しくて大好きな母だった。だからこそ母との別れが辛かったのを覚えている。

旅の途中で母が病に倒れて、そのまま帰らぬ人となった。事前に話が通されていたのか、私は孤児院に預けられることとなった。

母を亡くして塞ぎ込んでいた私を更に追い込んだのは、同じ孤児院の子供たちとの諍いだった。私に意地悪をする男の子、かと思えば私を取り合って怒鳴り合う。それを見た女の子たちが生意気だと罵る。心安まる時間なんてほぼなかった。

そんな日々にも慣れ、大人に近づいていく中で私の父と名乗る人と出会った。驚くべきことに父は貴族であり、私はそのまま父の家に引き取られて貴族の娘になった。

そして今、私はこの国の王女様たちの専属侍女として働いている。

　少し振り返るだけで、本当に色んな出来事があった。私を助けてくださったアニス様やユフィリア様に拾われ、アルガルド様が企てた陰謀に巻き込まれた。その時のことは今でも夢に見る程、印象が強く残っている。

　私の正体が人ではなくヴァンパイアであったことも知って、危険な存在として首を落とされても文句が言えないのに助けてくれたこと。私を傍に置いて、導いてくれた人たちには心の底から感謝している。恩を返さなければならないと強く願う程に。

「……ただ、それだけなのにな」

　ぽつりと呟いた言葉は随分と頼りないものだった。離宮の浴槽に身を浸からせながら私は思索に耽る。

　最近の私の仕事はユフィリア様の補佐だ。各部署に書類を届けたり、ユフィリア様への陳情を聞いたり、会議に同席しては参加者の感情を読み取って好意的な人を探す。

　これもヴァンパイアの力の応用で、調べた結果をユフィリア様に伝えて人間関係の構築に役立てて貰っている。

　実際にやってみて上手くいったと思う。ユフィリア様の助けになれることが嬉しかったし、誇らしくもあった。

だから婚約の打診が次から次へと申し込まれるようになったのは正直、誤算だった。あんな問題を引き起こした私に婚約が申し込まれるだなんて思ってもいなかったからだ。

本来は次の国王になる筈だったアルガルド様を惑わせた私。そんな私が誰かに望まれるだなんて、おかしいと思う。

だけどアニス様たちとの繋がりを得たいと考えれば納得だ。貴族ではよくあることで、結婚は家の繋がり、そこに利権が絡むのは流石に私だってわかってる。

だから私は誰とも婚約するつもりはなかった。下心しかない婚約だなんて嫌だったし、私はヴァンパイアだ。私が子を作ればそれは子供にも遺伝してしまう可能性が高い。

正直に言うと、ちょっと呆れていたりもする。私を好きだと、運命を感じたとか言われても何も感じない。何も信じられないから心に響くことはない。

きっと貴族の令嬢として生きるのに自分は向いてないのだと思う。本当に好意を向けてくれている人もいるのに、それを煩わしいなんて感じてしまう。

……そんな自分が薄情に思えて嫌になってしまいそうな時もある。私はただ恩返しがしたいだけなのに。それだけ考えて生きられれば良いのに。

「レイニ、まだ入っていたのですか？」

「うわっ⁉　イ、イリア様⁉」

不意に聞こえた声に私は動揺して浴槽の湯を揺らせてしまった。声の方へと振り返れば、そこにはイリア様が立っていた。

普段は纏めている赤茶の髪は解いて垂らされている。服を脱ぐと同性でも目を奪われるような綺麗な身体が露わになっていた。普段のイリア様を見慣れていると、生まれたままの姿のイリア様は印象がまったく異なってしまうから必要以上に動揺してしまう。

「まだ入っていますか？」

「い、いえ！　お邪魔になる前に上がりますよ！」

「……では、邪魔ではないので少し待っていて貰えますか」

「え？」

「レイニとは少し話したいと思っていましたから」

改めて話したいと言われると困惑してしまう。何か怒られるような失敗でもしてしまったのだろうかと、先程まで感じていたドキドキとは別のドキドキが胸を叩く。

断るという選択肢はない。だから私はただイリア様が身を清めるのを眺めていた。

（……髪を下ろしてると本当に印象が違うなぁ）

普段のイリア様は少し茶目っ気があるものの、堅物で仕事一筋といった人だった。滅多なことでは動揺しないし、何でも一人でこなしてしまう。

侍女として働くために色んなことを教えて貰った時からイリア様は凄かった。だから私は彼女を先生のように慕っている。

イリア様も私のことを可愛がってくれていると思う。甘やかすといった優しさではなくて、厳しく叱って私のためになるように言葉を尽くしてくれた。だからこそ、改めて話をすると言われてしまうと身構えてしまう。

少し唸り声を上げながら悩んでいると、身を清め終わったイリア様が隣に腰を下ろすように湯船に浸かった。髪は湯船に入らないようにタオルでまとめ上げられている。

隣に座られるとイリア様の美しさに見入ってしまう。大人の色気というのか、とにかく落ち着かない気持ちにさせられるばかりだ。

隣に腰を下ろしたイリア様だけど、すぐには口を開かなかった。沈黙の間が私にはなんとなく重たく感じる。だからちらちらとイリア様に視線を送ってしまう。

このままではいけない、と思って声をかけようとしたところでイリア様が口を開いた。

「少しは、落ち着きましたか?」

「え?　あぁ……夕食の時のことですか?　もう大丈夫ですよ」

夕食が終わった後の歓談の時、アニス様とユフィリア様に頂いた言葉で随分と涙ぐんでしまったから、それを心配していてくれたみたいだ。

　本当に私は素敵な人たちに囲まれているな、と実感する。これはきっと幸せなことなのだと思う。だから胸に染み入るようなこの思いを尚更に大事にしたいと願ってしまう。

　そう思っているとイリア様が私へと視線を向けた。その瞳には憂うような色が見え隠れしているかに思えた。

「……本当に大丈夫なのですか？」

「本当に大丈夫ですよ」

「ですが、貴方にとっては多大な負担になっているでしょう？　殿方からのお誘いというのは。ユフィリア様とて、あの一件から慎重になっている程なのですから」

「それは……」

　イリア様に指摘されて、漠然とそうなんだろうと思っていた事実を突きつけられた。

　ユフィリア様は男性に対して一定の距離を取っているのは私も感じていたことだった。魔法省の職員は男性が多いし、ユフィリア様に下心を向けているような人もいる。

　ユフィリア様はそんな人たちの見分けがつくのか、背筋がゾッとしてしまう程に冷たい態度を取る。

「やっぱりアルガルド様との婚約破棄が原因ですよね。私に気を遣ってなのか、そうだと言われたことはありませんけど……」

「ええ。あのユフィリア様であっても心の傷として抱えています。レイニ、それは貴方も一緒ですよ」

「……私も？」

「立場は違いましたが、それでもユフィリア様が受けた傷と同じぐらいの傷をつけられたようなものです。だから負担になっているのではないかと心配しているのです」

「……そうですかね。私はそうでもないと思いますよ？」

「貴方がそう思っているなら、それで良いでしょう。それでも心配はします」

「……心配してくれてたんですね」

だからこうして話をしようとしてくれたんだと思うと胸が温かくなってしまう。身悶えしたくなるようなこそばゆさがじわじわと身体に広がっていく。

「大丈夫ですよ。ただアニス様たちに迷惑をかけてしまうのが心苦しいだけで……」

「仕方ありませんよ。爵位が上である相手へのお断りを下位の者からするのは色々と危険ですから」

「……煩わしいですね」

思わずぽつりと呟いてしまう。だったらどうすれば良かったのだと、そう叫び出したくなってしまう。

誰にも迷惑なんてかけたくないのに。自分が受けた恩を返すのに必死なのに。ただ、恩を返すことだけ考えて生きていたいのに。

「……煩わしいですか。そうですね、貴方は離宮に来て本当に楽しそうに生きてます」

「イリア様……？」

「レイニ、もしもですよ？　貴方は、今の状況を脱するために偽装でも婚約する気はありますか？　それが一番手っ取り早い方法だと思いますが」

「……偽装婚約、ですか」

自分でも呟いて考える。だけど、お腹の奥から込み上げて来るような重さに首を左右に振ってしまった。

「……偽装でも婚約は嫌ですね。結局お相手の人に迷惑をかけてしまいますし」

「では、そもそも婚約の申し込みがなくなるのが理想ですね」

「そうですね。お父様には悪いとは思うんですけど、私は貴族の令嬢として生きるよりは、このまま侍女としてアニス様たちのこれからを支えていきたいと思ってますから。だから婚約とか結婚とか考えたくないんですよね」

ワガママかな、と思ってしまう。それでも、そんな風に生きたいと願ってしまう。助けてくれた人に恩返しをしながら生きられたら、きっと自分が満足出来る人生になるから。

「……手がない訳ではありませんが」

「何か良い方法でもあるんですか？」

もし手段があるなら、と思って私はイリア様を真っ直ぐ見つめながら問いかける。イリア様は一度目を伏せてから、開いた瞳で私を見返す。

その仕草に何か予感めいたものが私の背筋を駆け抜けた。それがどんな予感だったのかすぐにはわからなかった。その予感の正体を確かめる前にイリア様が口を開く。

「アニスフィア様と同じ手段を取ることです」

「……アニス様と同じ手段ですか？」

「自分の恋愛対象が女性だと公言するのですよ。あの人はこれを喚き立てて逃げ回りましたから」

「あぁ、成る程……」

「それなら声をかけてくる男性も減ると思いますし、アニスフィア様たちを頼りやすくなると思いますが……」

きっと良い提案なんだと思う。イリア様の言うように自分の恋愛対象が女性だと告げて回ることで男性を遠ざけるのは効果がある。実際にアニス様がそうしてきたのだから。

だけど、心の中にある澱みのような何かが邪魔をして頷けなかった。

「……気に入りませんか？」

「気に入らない、んでしょうか。気に入らないというより、その、なんというか……」

言い淀(よど)んだ私の言葉をイリア様は辛抱強く待ってくれている。私はゆっくり息を吐きながら蟠(わだかま)る思いをなんとか言葉にしようとする。

「……私、恋愛そのものがダメなんです。どうにも怖いって思ってしまって」

「……怖い？」

「私にとって恋って、色んなものを滅茶苦茶(めちゃくちゃ)にしてしまったものですから。だから怖いんです……」

私にとって恋は恐ろしいものだ。正しい形に纏まればアニス様やユフィリア様のように素敵なものになるんだろう。でも、そんな素敵な二人でもすれ違って、ぶつかり合って、傷つけ合って、その上で今の関係がある。

恋も愛も、それは大きな力を人に与える。一歩間違えれば破滅してしまう程に大きい。私には到底、自分が抱けるようなものだとは思えない。

だから息を潜めた。目立ちたくなんてなかった。誰にも注目されずにいたかった。孤児院に居た頃からも、お父様に引き取られて貴族になってからも、弱い自分がどこかで膝を抱えて泣いている。

「怖いんです。私が、私を好きになったことで誰かをおかしくしてしまうのが。ただ好きだとか、友情とかなら良いんです。でも恋愛は怖い。人がおかしくなっていくのが耐えられない……」

ヴァンパイアの力は制御出来るようになった。無闇に他人から好かれるようなことはなくなったと思う。

だけど、それでも一歩間違えればまた、誰かに過(あやま)ちを犯させてしまうんじゃないかという恐怖はなくならない。

怖くて、触れたくなくて、遠ざけたい。婚約という名の繋(つな)がりから恋や愛が育まれてしまうかもしれない。それがいつ誰に牙を剝(む)くかと思えば、とてもじゃないけど欲しいなんて望めない。

だから遠くから眺めるだけで良い。それだけでも私には十分だから。

「……貴方は自分が思うより、ずっと良い子だと思いますよ。レイニ」

「えっと、ありがとうございます……？」

「離宮に来てから今日まで、貴方のことを見守ってきました。貴方は弱い訳でも無責任な訳でもありません。でも、とても繊細で、心に柔らかい部分を持っているのでしょう」

「……それは、やっぱり弱いということなんじゃないですか？」

「繊細であることを弱いと言うのなら、それは弱いのでしょう。ですが、繊細だからこそ貴方が抱いた思いは磨かれた宝石のように美しいのではないですか？」

イリア様が真っ直ぐに伝えてくれた言葉で頬に熱が上ってしまう。湯船の温度で温められた身体に更に熱が加わってしまいそうだった。

「ここに来てから貴方は成長して、出来ることも増えています。自信を持ってください。貴方がユフィリア様の手伝いを申し出た時、心配ではありましたが良い機会だと思いました。貴方はアニスフィア様やユフィリア様のように素敵なものを生み出せる人です」

突然の賞賛に心が擽られてしまった。身を捩って、口元まで湯に沈めてしまう。

「貴方は繊細だからこそ恐れるのでしょう。それだけ貴方にとって恋愛とは脆く、それでいて強く、そして鋭く突き刺すものなのかもしれません」

「……そうかもしれませんね」

湯から口を出して小さく返答する。脆くて、それでも強くて、だからこそ鋭く突き刺さるもの。それは私の恋愛に対しての印象を綺麗に纏めていると思った。

「だからきっと、これを口にすれば貴方を傷つけてしまうのかもしれませんね」

「……え？」

「レイニ。――私にしませんか？」

何を言われたのか、一瞬理解出来なかった。いや、一瞬を過ぎても理解出来ない。したくない。言葉の響きだけが何度も頭の中で反響しているようだった。

だからイリア様を見つめ返すことしか出来ない。イリア様はいつものように取り澄ました表情だ。だけど、何故だろう。その表情がいつも自然に浮かべているようなものではないと思ってしまったのは。

喉がからからに渇いてしまいそうだ。唾を飲み込みながら、答えを求めるように問いを投げかけてしまった。

「イリア様、それは、どういう……」

「私は貴方を愛おしく思っています。後輩として、同僚として、そして、人として」

「……嘘」

「嘘ではありません、私の本心です。……このまま何もせずにいても状況は変わりません。貴方が他人の手を煩わせたくないという思いもわかります。貴方の力と過去を思えば恋愛に関わる話がどれだけ苦痛かも想像出来ます。その上で私は貴方に伝えたかった」

「どう、して……」

戸惑ったまま、私はそんな言葉しか呟けなかった。するとイリア様の手が私の頬に伸びる。イリア様の手が頬に触れると、私の身体は竦んだように震えてしまう。

「耐えられなかったのです」

「耐えられなかった……？」

「レイニはここに来て本当に幸せそうでした。私の教えをよく学び、アニスフィア様たちと笑顔で過ごしていました。辛い過去があっても、貴方が浮かべる笑顔に私は得難い価値を見出していたんです。それが失われてしまうのに耐えられないんです」

イリア様の指の温度が、今、何よりも熱くて。ただ、それだけしかわからなくなる。

「――私が相手では、ダメですか？　レイニ」

イリア様を恋人として、婚約を断れば。それは効果的なのかもしれない。だけど事実をはっきりと認識したところで、私は吐いてしまいそうな重圧を感じてしまう。

「……ダメですよ、何を、言ってるんですか……？　私が好き？　嘘、嘘です……」

「レイニ……」

「だって、イリア様は私の魅了にかかったから、その好きは、違う、違うんです……！」

それはイリア様の本当の願いじゃない筈。だって、そうじゃないと、間違っている。

そうだ。それは私が植え付けてしまった偽物て、私が好きなのはおかしくて、間違ってて——！

（——あぁ、私、また、やっちゃったのかな……？）

目の前が暗くなる。また私は自分を守るために誰かの好意を強制してしまったのかもしれない。よりにもよってイリア様に、私に色んなことを教えて導いてくれた人を、私は。

混乱に気が遠くなりそうになったところでイリア様に手を引かれた。思ったよりふらついた身体はイリア様によりかかってしまい、イリア様の鼓動の音が聞こえてきた。

「……のぼせてしまいましたか。話す場所を間違えました」

「イリア様、私……」

「上がりましょう。まずは落ち着いてから、それからまた話をさせてください」

話をする？　一体、何のために？　そんな必要があるんだろうか？　……いや、必要かもしれない。だって、謝らないと、償わないと。

「ごめん、なさい」

「レイニ？」

「また私、人を、間違えさせて、ごめんなさい、ごめんなさい、ごめんなさい……！」

こうして私は罪を重ねてしまう。胸が裂けそうな程に悲しくて、死んでしまいたい程に苦しい。

だから何度も繰り返し、謝り続けることしか出来なかった。どうして変われないんだろう。どうして私はこんなに弱いんだろう。

その事実が悲しくて、私は自分を呪い続けることしか出来なかった。

＊＊＊

翌日、私はベッドの住人になっていた。頭はぼんやりしていて、身体はどうしようもなく怠い。喉は引っかかり、時折咳き込む。

そんな私の傍に座っているのはティルティ様だった。彼女は不機嫌そうに眉を寄せながら私を見下ろしている。

「湯あたりからの風邪ね。まったく人騒がせなんだから。レイニが高熱出してるってアニス様に引き摺られてきたのよ？　しかも朝っぱらからね」

「ごめん、なさい……」

私の体調を診られる医者は限られてしまっている。そんな中で突然の呼び出しに応じてやってきてくれたティルティ様には感謝しても感謝しきれない。

でも、心のどこかで暗い澱みが湧き上がってくる。あぁ、こうして私はまた誰かの迷惑になってしまうのだ、と。

「イリアと長いこと風呂で喋ってたって？　あのイリアにしては珍しい失態ね？」

「……私が、悪いんです。イリア様は何も……」

「そのイリアが洗いざらい喋ったわよ。前から鉄仮面で何考えてるのかよくわからない奴だったけど、告白する場所も内容もぶっ飛んでたわね」

「イリア様、全部喋っちゃったんですか⁉」

思わず悲鳴のような声を上げてしまった。まさかイリア様が全部白状してしまうなんて。だったら皆、知ってしまっている？　私がイリア様をおかしくさせてしまったことも？

絶望に気が遠くなりそうになっていると、ティルティ様が嘲笑うかのように鼻で笑う。

「貴方も災難だったわね、まったくやれやれだわ」

「……あの、ティルティ様」

「何よ？」

「私……またやっちゃったんですか……？　無意識にイリア様に魅了を……」

私が震える声でティルティ様に問うと、ティルティ様は驚いたような表情を浮かべてから怒気すらも滲ませる程に不機嫌になってしまった。

「レイニ」

「は、はい……」

「貴方は何もしてない。馬鹿な妄想は止めなさい」

「で、でも！」

「貴方は自分の力を制御出来てるし、無差別に発動させてるなんてことはない。もし混乱してたり、弱ったりして感じたストレスが魅了を発動させたとか思ってるなら、私が影響を感じてないのがおかしいのよ。無意識に発動したとして、それはあくまで魅了であって洗脳じゃないもの」

咎めるような鋭い指摘に、喉元に刃を突きつけられたような気分になる。それだけティルティ様は私に対して怒っているようだった。

「貴方がそんな思い込みをしてたらイリアが報われないじゃないの。今すぐその馬鹿げた思い違いを捨てなさい」

「……だって、イリア様が私を好きだって」

「はん。自分が無意識に魅了を使ったとでも言いたいの？　馬鹿じゃないの？」

ティルティ様は鼻を鳴らして、あっさりと切り捨てるように言い切った。

「確かにレイニの力は解明しきったとは言わないわ。出来ることも増えてる。もしかしたら前よりも強い防衛反応が発動した可能性だってある。でも、それは絶対じゃない。現に今、私はレイニを思いっきり叩いてやりたいぐらいに怒ってるわ。なのに貴方は身を守ろうとしてないし、魅了しようともしてない。はっきり断言してやるわ」

まるで突き放すようにティルティ様は怒りを押し殺した声で淡々と告げる。

「今、貴方が自分を疑うってことはね、貴方のことを診察してやってる私のことも、貴方を大事に思ってなんとかしようと思ってるイリアも、心配して離宮に残ろうとしたアニス様やユフィリア様の思いも全部疑ってることにも繋がるのよ？　自覚しなさい」

「ちが……っ、私、そんなつもりじゃ！」

「だから言ってるでしょ、馬鹿な思い違いは捨てなさいって。イリアの無自覚にも呆れたけれど、貴方の思い違いにもとことん呆れたわ。呼び出された私に謝りなさいよ」

「……ごめんなさい」

「ただ謝れば良いと思ってるの？」

「ええ……？」

謝れと言われたから謝ったのに、謝ったら謝ったことを咎められるなんて、どうしたら良いのかわからなくなってしまう。

ティルティ様は私の思い違いだと言った。私は誰にも好意を強制していないと。それならイリア様が私に好きだと言ったのは本心……？

「……いえ、イリア様は、ただ私が苦しい立場になりそうだったから、ただその気遣いで言っただけですよね」

「レイニ、そんなにイリアを侮辱したいの？」

「ぶ、侮辱なんてしてません！」

「貴方が言ってるのは自分を好きになる人間なんていない、ってことになるわよ。イリアは貴方に好きだと伝えたのに、それを疑うぐらい信用がないってことなの？」

「違います！　イリア様を信用してない訳じゃないんです！　でも、私を優先する理由もないじゃないですか！」

「どうして？」

「どうしてって……だって……」

――イリア様が一番優先しなきゃいけないのはアニス様じゃないといけないから。

イリア様がどれだけアニス様を大事にしているのか私は知っている。だからイリア様の特別はアニス様じゃないといけない。私が成り代わっていいものじゃない。

そう思って、でも言葉にすることは出来なかった。どうしてと自分に問いかけても答えは出て来ない。

私が黙ってしまうとティルティ様がベッドの縁に腰をかけて背を向けるように座った。

「馬鹿なこと考えてるのが丸わかりよ。まぁ、間が悪くて、不器用で、更に自分の感情もろくに理解してないイリアも悪いとは思うけど」

「イリア様は……何も悪くないです……」

「……そうね、何もイリアは悪くないわ。だからレイニも悪くないのよ」

「でも、だって、私が、迷惑をかけて、イリア様をおかしくしちゃったから……」

「そうよ。だからこそ悪くないの。でも、それは貴方の勘違いでもあるのよね。おかしくなったことが正しいのよ。イリアにとってはそうなんでしょうよ」

ティルティ様が何を言っているのかわからない。伏せていた顔を上げてティルティ様を見ると、顔だけこちらに向けて振り向いていた。

「イリアのこと、どれだけ知ってるの？　あの女がどれだけ頭おかしいかわかってる？」

「……何が言いたいのかわかりません」

「そうね、ユフィリア様とレイニが来るまでのあの女は救われない馬鹿だったのよ」

ふん、と鼻を鳴らしながらティルティ様は遠くを見つめる。口調は忌々しいと言わんばかりなのに、その声からは憐れみを感じる。

「詳しくは、そこのドアで聞き耳立ててる王女様にでも聞けば？」

「……いや、中に入れる雰囲気じゃなかったじゃん」

ティルティ様がドアに視線を向けて言うと、アニス様が入ってきた。不服だと言わんばかりに目を細めてティルティ様を睨み付けている。

ティルティ様は立ち上がって、中に入ってきたアニス様の肩を叩いてから入れ違うように部屋の外へと向かう。

「体調には問題なしよ。お悩み相談までは引き受けてないから、後はそっちで上手くやりなさい」

「ありがとう、ティルティ」

「余計な痴話喧嘩に巻き込まないで欲しいものだわ」

そう言ってティルティ様は扉を閉めた。部屋に残されたのは私とアニス様だ。湧き上がる罪悪感に私は謝罪の言葉を口にしてしまう。

「……申し訳ありませんでした、アニス様」

「いいよ。私の仕事なんて差し迫ったものじゃないし。それよりもレイニが心配だ」

アニス様は先程までティルティ様がいたベッドの縁に、背を向けて腰を下ろした。

今は私の顔を見られたくなかったから、背を向けてくれているアニス様が本当にありがたかった。

だけどアニス様が傍にいるのを感じると、じわじわと湧き上がってくる思いがつい口から出てしまう。

「……私」

「うん」

「自分が、凄(すご)く、嫌になって、もう、苦しくて、消えたくて……迷惑、かけてばかりで、恩返ししたいのに、出来なくて、もう、全部嫌に、なりそうで、怖くて」

「うん」

支離滅裂だ。上手く言葉にならなくて、喘(あえ)ぐように途切れ途切れの言葉を紡(つむ)ぐ。それだって意味が繋がらなくて、自分でも訳がわからなくなりそうだ。

それでもアニス様は相槌(あいづち)を打って静かに聞いてくれた。決してこっちを見ることなく、でも確かにそこにいて私の声に耳を傾けてくれている。

「私、もう、どうして、いいか、わからなくて」

「……昨日、何があったかイリアに聞いたよ」

アニス様がそう言うだけで、氷の芯でも打ち込まれたかのように身体(からだ)が冷えて固まってしまう。顔を俯(うつむ)かせて、そのまま凍えたように身体を震わせてしまう。

「レイニ、顔を上げて」

落ち着かせるような声でアニス様が私を呼ぶ。私は歯を噛みしめながら、涙が止まらないまま顔を上げた。

アニス様は嬉しそうな、だけど困り果てたような複雑そうな表情を浮かべていた。どうしてそんな表情を浮かべてるのかわからなくて、私も困惑してしまう。

「レイニ、まずは落ち着いて。ゆっくり深呼吸しようか」

アニス様が私の背中を優しく撫でてくれる。顔を上げたことで頭を抱えていた手は所在なさげに揺れて、アニス様が空いた片手で私の手を握ってくれた。

私が落ち着くまでアニス様はずっと手を握って、背中を撫でてくれた。アニス様に言われるままに深呼吸をする。

「落ち着いた？」

「……はい。ごめん、なさい」

「良いよ。じゃあ、少し私とお話しようか」

「…………？」

「あのね、レイニ。私、今凄く驚いてて、喜んで良いのか、寂しく思えば良いのかわからないんだ。まさか、あのイリアがねぇ。でも、良かったんじゃないかな」

「え……？」

アニス様が何を言ったのか理解出来ず、呆けてしまった。良かった？　何が？

「レイニはさ、多分だけどイリアが貴方を好きになったのが自分の力で呪っちゃったって思ってるんでしょ？　でも、仮にそうだとしても、私はそれが悪いことだとは思えないんだ。もっと言えば呪われて良かったんじゃないかって思う」

「どうして……？　どうしてそんなことを言うんですか……？」

「イリアはさ、執着心がないんだよ」

アニス様は寂しそうにぽつりと呟く。まるで途方に暮れて、どうしようもないと諦めてしまったような力のない声だった。

「最近になってちゃんと理解出来たのかな。イリアはさ、ちゃんと愛されなかったせいで人としてどこかおかしくなってるんだ。それは私といたせいでもあると思ってる。私たちの人間関係は凄く狭くて、他人なんか気にせずに生きて来られたから」

「……イリア様も、自分は人でなしだと言ってました」

「そうしちゃったのは私なんだよね」

アニス様は自嘲するような口調でそう言った。目を伏せた表情がどこか痛々しい。

「イリアの境遇のことは知ってる？　実家の両親から人形や政治の駒ぐらいにしか扱われなかったって話」

「……イリア様から聞いたことがあります」

「そっか。私はイリアを無理矢理に自分の専属侍女にしたことを後悔してないし、後悔しようものならイリアを怒らせるだけだと思ってる。でも私がイリアと歪なまま関係を築いて、その歪さを放置していた事実は覆せない」

「……それは、でも、どうしようもないことだったんじゃないですか？」

「そうだよ。過去は変えられないし、多分私は何度だって同じ選択をする」

　きっぱりとアニス様は迷いなく言い切った。

「イリアを諦めることも、自分の主張を曲げることも出来ない。私にはイリアを変えてあげることは出来ないんだ。私とイリアの関係はそういうものだと思う」

　アニス様はそう言って笑みを浮かべた。それは心からの笑顔だった。何も恥じることはないと浮かべる表情だ。

「私たちは変わらなくて良いって互いに思ってた。だからお互い、必要以上に求めようとしなかった。好ましいと思えればそれで十分、互いに息が詰まることなく一緒にいられればそれで良かったんだ」

　アニス様は自分の胸を撫でながら言葉を口にする。大事なものを一つ一つ、丁寧に確認するかのように。

「でも、私はユフィと出会って、イリアはレイニと出会った。私たちの関係は変わらなくても、私たちの周囲との関係は変わっていく。それは私たち自身の変化にも繋がるんだ。寂しい気もするけど、それは仕方ないことだし、むしろ喜ぶべきことだ。それにイリアがどんな経緯だとしても、人を好きになってくれたことが私は心の底から嬉しいんだ。……私じゃイリアは守ることは出来ても変えてあげることは出来ないから」

「アニス様……」

「じゃないと私たちは互いに変わらなくても良い関係を失ってしまう。それは私も怖いし、きっとイリアだって私に望んでない。互いに一番身近な相手だったからね？　だから互いに一番気楽にいられたんだ。お互いがいればそれでいいって。それ以上はいらないって」

アニス様が不意に私の頭を抱え込むように抱き寄せてくる。少し驚いたけれど抵抗はしなかった。押し付けられた胸の奥から心音が聞こえてくる。

「楽な関係のままでいいって甘えられる関係は心地好いけどね。でも、どこにも行けないし、変えられない。だって変わる必要がないんだから。私はユフィと思いが通じるようになって幸せだと思ったけど、その一方でイリアのことが凄く心配になったんだ。私は変わりたくなっちゃったから」

「……そうだったんですか？」

「うん。だからね、イリアがレイニを気にかけたり面倒を見ることが楽しいって言ってくれるのは本当にホッとしてたんだ。どんな関係でも良かった、イリアが変われるならさ」

「……それがヴァンパイアの魅了で、私を好きになるように仕向けられてもですか？」

「そうでもしないとイリアは変われなかったと思う。変われなかったら、私が変わってもイリアは変わらないまま。私に敬愛を抱いて付き従うだけで、そこから先の進んだ関係にはならない。変わるための切っ掛けなんて求めない。……そんなのって、寂しいじゃん」

「寂しい……ですか？」

「私は私を求めてくれたユフィがいたから今がある。諦めきれなくて、でも諦めてしまった夢をもう一度追いかけてる。それが幸せだってちゃんとわかったんだ。だからイリアもそんな人がいてくれたらなって思う。それがレイニだったら嬉しいよ」

「でも、それはイリア様が、そう望んだ訳じゃない気持ちですよ……？」

「それを決めるのは、レイニなの？」

鋭い叱責にも似た声に私は身を竦ませてしまう。アニス様は私の身体を起こすように肩を摑んで密着していた距離を離す。

アニス様は怒ったような表情を浮かべて、正面から向き直る。その力強さに思わず目を逸らせたくなってしまう。

「レイニが怖いって思う気持ちもわからない訳じゃない。自分の責任だって抱え込むのもわかる。でもね、それでも言わせて。お願いだから、イリアから目を背けないであげて」

「目を、背ける……？」

「イリアの変化に私が口を出せることはないのかな、って思うんだ。イリアは絶対に私には相談しないし、きっとユフィにだってしない。人を頼るなんて、イリアは絶対にしない。……出来ないんだ」

まるで血を吐き出すようなアニス様の重苦しい声に私は息を呑んでしまった。

「あのイリアが、それでも自分から望みを口にしたってことが私には凄いことに思えるんだ。職務で必要なことでもなくて、義務から言わなければならない言葉でもなくて。ただイリアが嫌だからって気持ちだけで望んだ言葉を私は無下にして欲しくない」

「……アニス様、でも、私……」

「レイニが自分の力を怖いって思うのはわかる。その気持ちは大事なものだって思う。でも忘れないで。それは私の魔学と同じなの。大事なのは使い方よ。貴方はその力でイリアに一歩を踏み出させたの。それは私にとっては驚きで、喜ばしいことだったの」

アニス様はまるで祈るように告げる。その声はどこまでも優しくて、イリア様への想いを感じさせる。本当にアニス様はイリア様のことが大事なんだってわかってしまう。

「イリアの気持ちを受け入れてあげて、とは言えない。でも、向き合うことからは逃げないで。時間が必要なら伝えてあげて。どうしても無理でも伝えてあげて。何も言わないのが一番残酷だから。……それでもし、少しでもイリアを受け入れて良いって気持ちがあるなら一緒に歩いてあげて欲しい」

「……アニス様にとって、イリア様はどんな存在ですか？」

思わず私はアニス様に問いかけてしまう。するとアニス様は困ったように笑った。それから悩むように唸り声を上げてから、再度口を開く。

「……難しいなぁ。主従って言うのが一番わかりやすいけどね。家族みたいにも感じてるし、言葉にするのは出来ないかも。でも、大事な人なのは間違いないよ」

「……アニス様は、私がイリア様に魅了をかけたことを、どう思ってますか？」

「うーん。別にどうとも？　だってそれは不可抗力だし。でも、レイニの魅了がキッカケでイリアが私以外の人に、それも恋人になっても良い、もしくはなりたいって思えたなら……ちょっと悔しいかな」

予想と違った言葉が返ってきて、私は思わず目を丸くしてしまった。アニス様が悔しいって言うなんて思わなくて、私はアニス様を凝視してしまう。

アニス様は少し照れたように、それでいてなんとも複雑そうな表情を浮かべた。

「嫉妬とも違うし、本当は悔しいって言葉も適切じゃないのかもしれない。でも、言葉にすると悔しいって思っちゃうんだ。……ずっと傍にいてくれたからかな。なのに、少しずつ私から離れて行っちゃうんだなって。それが悔しくて、切なくて、でも、凄く嬉しい」

まるで、それは宝物を自慢するかのようだった。アニス様の笑顔があまりにも可愛らしくて、目を奪われてしまう。

一言で言い表すのは難しいんだろう。でも、その表情が全てを現していた。そこに私は尊さを見出してしまった。

アニス様は心からイリア様を大事に思い、その幸福を願っている。でもイリア様の幸福にアニス様は背中を押すことしかしない。受け止めるべきなのは私だと言うように。

その事実を、まだ私はうまく受け止めることが出来なかった。

「……アニス様、私、溺れちゃいそうで、苦しくて、とても怖いんです。私、幸せになっても、幸せなままでいられるかわからない……それが、怖い。怖いんです……！」

ずっと苦しかった。ずっと辛かった。溺れて、藻掻くような毎日だった。

ここに来て幸せだった。本当に幸せだった。このままこの時を過ごしていたかった。

幸せを失うことが私には何よりも怖い。震えて、蹲って、何もかも拒絶したくなる。

そんな私を宥めるようにアニス様は穏やかに、それでいて力強い言葉で伝えてくれる。

「大丈夫だよ。貴方は怖いと思えるから。私みたいにどうしようもなくても、それでいいなんて思えない。きっと貴方自身も、貴方を想う人も見過ごすことはない。貴方が忘れていけないのは、自分から助けてって言えば助けてくれる人がいるんだってことだよ」

寄りそうように私を抱き締めながら、アニス様が核心を突くように問いを放つ。

「――貴方が助けに来て欲しいと願う人の中に……イリアはいる？」

＊　＊　＊

私が落ち着いたのを確認して、アニス様が退室してから数時間後のこと。ドアをノックする音が聞こえてきて、半ば眠っていた私の意識が覚醒した。

「レイニ、私です。入っても良いですか？」

聞こえてきたのはイリア様の声だった。意識の覚醒が進んではっきりとしてくる。私は息を呑んでから、一度深呼吸をする。

「……お入りください」

「失礼します」

イリア様が一声告げてから中へと入ってきた。まず、その顔を見て驚いた。イリア様の目元にはクマがくっきりと浮かんでいたから。

「今、お時間よろしいでしょうか？」

「大丈夫ですけど……あの、イリア様、凄いクマですけど大丈夫ですか？」

「昨日は寝付けなかったのです。ですが体調は問題ありません。それよりもレイニは大丈夫ですか？　昨日は私のせいで長話をさせてしまって本当に申し訳ありません」

「謝らないでください。謝られると……困っちゃいます」

「……そうですか。お茶でも淹(い)れましょうか？」

「お願いしても良(い)いですか？」

　これから話をするなら、お茶があった方が良い。イリア様が用意する音を聞きながら、目を閉じて自分の考えを纏(まと)める。

　目を閉じていると、イリア様が備え付けの椅子に座りながらサイドテーブルにティーカップを置いた。上半身を起こしてお茶を手に取って一口飲む。

　喉が渇いていたのか、とても美味に感じた。自然と口が緩むのを感じながら、懐(なつ)かしい記憶が刺激された。

「……イリア様の淹れてくれるお茶、私は大好きです」

「そう言って頂けると嬉(うれ)しいですね」

「ええ、本当に。嬉しかったんです、アニス様に優しくしてもらって、ユフィリア様にも許してもらって、離宮で生活することが決まって、不安だったけど、同じぐらいに安心したのを今でも思い出せます」

それからお互いに無言の時間が流れる。その沈黙の時間を終わらせたのはイリア様からだった。

「……改めて昨夜は本当に申し訳ありませんでした。流石に唐突過ぎたと反省してます」

「いえ……確かに、凄いビックリしましたけど」

「……迷惑でしたら世迷い言と忘れてくださって構いません」

「迷惑なんて思ってません！」

思ったよりも強い声でイリア様に否定してしまった。イリア様は少しだけ目を見開いてから、私の身体を案じるように腰を浮かせかけている。

「大声出してごめんなさい。……迷惑だとは思ってないです。ただ、やっぱりビックリしてすぐに判断が出来なくて……」

「当然の話です。……ただ、上手い話運びなんて私には想像出来なくて、ただ貴方に思いを伝えるだけになってしまいました。レイニの負担をまるで考えていないからこんなことになってしまったのです」

「……イリア様は、私が可哀想だと思ったからあんな提案をしたんですか？」

震えそうな声を必死に抑えながらイリア様に問いかける。すると、イリア様は淡い微笑を浮かべた。今にも消えてしまいそうな、不安な気配を感じる表情だ。

「そう取られたのなら……もしかしたらそうなのかもしれませんね」

「……否定しないんですか？」

「自分でも戸惑っています。戸惑うのと同じぐらい、自分の感情を理解することが出来てないと。だからってどうすれば良いのかわからなくて、貴方が不本意なことを望む前になんとかしたいと、それで頭がいっぱいになってしまったんです」

それは何も言葉を選んでいない、思ったことをそのまま出したようなもの。混じり気のないイリア様の本音だと私は感じた。

それを聞いて、私が何を感じているのか。……イリア様じゃないけど、私だって自分の感情がわからなくなっていた。

ただ切ない。そして溺れて息が出来なくなってしまいそうな程に苦しくなる。身体が震えて、奥歯を鳴らしてしまいそうになるのを必死に堪（こら）えた。

震えを隠すために腕を摑んで爪を立てる。その痛みが少しだけ私を冷静にしてくれる。

正直、ここまで自分が人の好意を信じられないとは思っていなかった。

でも、だからといって向き合わないで逃げたくない。でも、告げなくてはいけない願いを口にするのが、とても怖い。

「……レイニ。無理はしなくて良いのですよ」

イリア様の穏やかな声に目を見開いてしまった。その声がイリア様が発した声だと思えなかったから。

イリア様は今まで見たことのない表情を浮かべていた。優しくて、でも苦しそうで、とても寂しそうな微笑だった。胸がギュッと締め付けられる。

違う、私はこんな顔をさせたい訳じゃない……！

「私は貴方を迷わせてしまう程、思われているのですね。それだけでも知れて良かったと思います。困らせてしまって……本当にごめんなさい」

「ッ、違う、違うんです！　これは、私が悪いんです……！　私が、勝手に怖くなって、信じられなくなってるだけで……！　イリア様が悪い訳じゃないんです！」

「いえ。貴方を困らせてしまうなら、私は口を閉ざすべきだったんだと思います」

「――私は！　嬉しいから、困ってるんですよ‼」

思わずカッとなって私は叫ぶように言ってしまった。イリア様の複雑な表情が崩れて、目をぱちくりとさせて大きく瞬きをする。

そんなイリア様に少しだけ、理不尽な怒りを覚えてしまった。決壊した私の感情は止まらなくて、イリア様を睨み付けてしまう。

「私のために恋人になるって、私のためになんとかしようって、そう思われて嫌な訳がないじゃないですか！　私のこと知ってて！　私がどんな化物なのかわかってて！　私が貴方にどんなことしたのか知ってて！　なのに、受け入れるなんて……どうしてそんなこと言うんですか！　期待しちゃうじゃないですか……！」

「……レイニ？」

「でも、ずっと期待した分だけ裏切られてきた！　私を好きだって言ってくれても、勝手に裏切ったって罵ってくる。私が悪いって、私が悪いんだって皆が責める！　私だって人を信じたいし、普通に好きになって貰いたいし、嫌われたくなんてないのに。特別なんかじゃなくて良いのに、皆勝手に私を特別にして、最後にはお前が悪いって罵る！」

孤児だった時も、令嬢になってからも。好きだと言ってくれても、期待に応えられなくて、裏切ったって思われて。

そして学んだ。私は誰かを好きになったらいけないんだって。

特別にして良いと思えたのは、お母さんだけだ。幸せな記憶が私の依拠だった。記憶の中のお母さんならずっと変わらないから、いくら特別にしても良い。

お父様に引き取られて居場所を与えられても、すぐには馴染めなかった。貴族学院の生活だって孤児院の生活よりも勝るとも劣らなかった。

餓えないというだけで素晴らしいことだったと思う。それは間違いないけど、でも私の心はいつだって怯えて、何もかも拒絶して諦めていたんだと思う。

「そんな私にアニス様は道を示してくれた。ユフィリア様が許してくれた。イリア様が私に生き方を教えてくれた！　それでもう十分なのに、後は私がなんとかしなきゃいけないのに！　……これ以上、甘えちゃ、ダメ、なのに……！」

優しくしないで欲しいの。一度甘えてしまったら自分が抜け出せないと知ってるから。

私は自分が強くないことなんて知ってる。アニス様みたいにも、ユフィリア様みたいにもなれない。

せめて邪魔にならないように。叶うならあの人たちの背中を押して、支えられればそれで良かった。それすらも叶わない、叶うどころか邪魔になってる自分が惨めで絶望する。

「本当にこんな私が良いんですか……？　それってただの同情じゃないんですか……？　ただ私が可哀想だって、そう思うだけなら……！」

「レイニ」

いつの間にか涙が零れていた。声も震えて泣き声になっている。

そんな私にイリア様は席を立って、私と額を合わせる。そのまま私の頰に手を添えて、指が涙を拭うように頰をなぞる。

「私は人でなしです、レイニ。私はただ居心地が良くてアニスフィア様のお側にいることを受け入れただけでした。それが都合が良かったから。でも、貴方は違います。貴方は自分で選んで来たじゃないですか。側にいようと、もっと役に立ちたいと。私は貴方の魅了を受けて知りました。ただ仕えるだけでは得られない……心が満たされるということを」

「イリア様……」

「それは元々、誰もが持ち得る感情なのだとしても私には理解出来なかった。私は欠けていた人間ですから。でも、レイニが教えてくれて私は少しずつ変われたのだと思います。貴方が成長することで、私も成長した先にあるものを教えられました。私が積み重ねてきたことに意味を感じ取れました。貴方が気付かせてくれたんです」

労るようにイリア様は私に語りかける。私のしてきたことに、イリア様が見出した意味を伝えようとするかのように。

「貴方を通して多くを知ることが出来ました。人らしく、誰かを思って、どんなに怖くても進もうとする貴方の行いはとても尊い。私が貴方を助けたいと思うのは、貴方の頑張るその姿が愛おしいと思ったからです。このまま一緒にアニスフィア様とユフィリア様にお仕えできるなら。それは、きっと幸せなことだと思えたのです。だから貴方の努力を阻もうとするものを遠ざけて、守りたいと思うんです」

イリア様が額を離して、真っ直ぐに私の目を見つめる。私は唇を一文字に引き結んでしまう。イリア様の視線から逃げるように、視線を逸らして。

「……私、ヴァンパイアですよ……？」

「はい」

「恋人にしたら、私、イリア様を特別にしちゃいますよ？」

「構いません」

「いっぱい血も欲しくなっちゃうし、その分だけ怪我を負わせますし、ワガママをたくさん言うと思います」

「叶えられるようにします」

「私……次、人に裏切られたら、何するかわからないですよ……？」

「……レイニは私が裏切ると思ってるのですか？」

イリア様の声が少し沈んでしまった。それに私は首を左右に振って否定する。

「……私、ワガママになるのが怖いんです。だって、もう何もなくしたくないから……」

「なら、レイニを不安にさせないように頑張ります」

「……私とアニス様、どっちが大事とか聞きますよ」

私の質問にイリア様は酸っぱいものを無理矢理口に詰められたかのような表情を浮かべた。それから唸るように呻いてから口を開く。

「…………どうしてそのような質問を」

「私を選んでくれないんですか？」

「……成る程、確かにそれは難しいワガママですね」

「……そうですよ。私性格悪いんですよ、本当は」

イリア様は困ったように眉を寄せて、けどすぐに息を吐いてから私を抱き締めた。突然の抱擁に私は咄嗟に何も出来ず、イリア様の腕の中に収まってしまう。

「ですが、その問いかけに私がレイニを選んでも貴方は喜ばないでしょう」

「……どうしてそう思うんです？」

「貴方がアニスフィア様も、ユフィリア様も、色んな人を大事に思ってるからです。だから自分だけを優先出来ないいんじゃないですか？　選ばれたら選ばれたで、選ばせてしまったと思うのでしょう？」

イリア様の指摘に息が出来なくなりそうだった。涙が込み上げて来て、息が引き攣る。

否定出来ない。イリア様が言う想像と同じ想像を私も思い浮かべたから。

「だからそんな試すようなこと、言わないでください」

「……イリア様」

「自分の価値を人と比べてはいけません、レイニ。貴方は貴方で良いんです。理由も、価値も、何も自分に課さなくて良いんです。そんなもの、貴方が貴方であればいくらでも付いて来ます。私は貴方を守ることを躊躇いません。だから、どうか守られてください」

イリア様は抱き締めていた私の身体を離して、肩に手を置く。そのまま顔を寄せるように距離を詰めて……私の唇と触れ合うようにキスを落とす。

か細い吐息を零す頃には、私はイリア様に何をされたのか理解して身を強張らせてしまう。でも……嫌じゃない。

何度も、何度も、啄んだり、触れ合うようにイリア様はキスを落とす。何度も触れ合う度に痺れていくようなもどかしい感覚が背筋を駆け抜けて身体から力が抜けていく。

思わず夢見心地になりかけたところで、私の最後に残った理性が抵抗を始めた。イリア様の胸元に手を添えて、押し返すように距離を取る。

「イリア様、なんで、キス……！」

「守ると言っても心から信じて貰えないようなので、行動にして身体に教えた方が早いかと思いまして。思えば、教えるより習わせた方が貴方は呑み込みが早かったですね」

「いや、でも、だからって……！」

「嫌ですか？」

イリア様からの問いかけに、一気に頬が熱くなる。嫌じゃない、と思う自分がいるから。でも、そんなの恥ずかしくて言えない。

キスされるのは嫌じゃない、むしろ受け入れてしまいそうになってる。だって嬉しい。こんなに想って貰えるのは嬉しい。でも、同じぐらいに怖い。

この温もりに溺れたら最後だ。そう思うから身体は抵抗しようとしてる。でも、抵抗したくない自分もいて、何もかもが一致しないで動けなくなっていく。

「や……まっ、まって！　まってください……！　ダメです、イリア様……！」

「何がダメなのですか。ハッキリ答えなさい」

「そ、それは……キ、キスとか……」

「何故ですか？　私にされるのは嫌だからですか？」

「そ、そうじゃなくて……！　私が、ダメなんです！」

「そんなの知ってます」

「えぇっ⁉」

イリア様はまるで猫のように目を細め、口の端を吊り上げて笑っていました。ぞわりと悪寒が背筋を駆け抜けていく。

「てっきり相手が私だということに不満なのかと思っていましたが、どうにも違うみたいですからね。なら貴方がダメになるのは貴方に原因があると判断しました。貴方の教育係として徹底的に教育するべきでしょう」

「きょ、教育って……こ、これはなんか違う気がします！」

「なら私を説得してみなさい。私が納得するに足る理由で」

ぎし、とベッドの軋む音が響く。私に覆い被さるような体勢のイリア様が私を見下ろす。

その目に見下ろされると、私は逆らえなくなる。だってこれはイリア様が私に指導している時の目だ。私が悪いって、わかってるから尚更に私は動けなくなってしまう。

「それでは授業を始めましょうか。お互いがどうありたいのか確かめるまで。時間はたっぷりあるのですから、納得するまで言葉を交わしましょう、レイニ」

＊　＊　＊

「……いや、あのね？　お話が綺麗に纏まったなら嬉しいことなんだけどね？　どうしてレイニがベッドの上で芋虫みたいになってる訳？」

「アニスフィア様、これはお互い納得がいくまで話し合った結果です」

イリアがレイニの様子を見に行くということで、ハラハラしていた私の気持ちを、どこかに放り投げんばかりの勢いなんだけど、それについてはどう思う？　イリアさん。

今もプルプルと身を震わせている布団の山に私は何とも言えない視線を送ってしまう。

「あー……それで？」

「様子見ということで、恋人見習い期間を設けることにしました」

「恋人見習い期間」

思わず復唱してしまう。なんだ、それ。

「まだ私もこの感情を持て余していますしね。レイニも自分の感情を確かめたいということで見解の一致を頂きました。なのでお互い、時間をかけてゆっくり確かめていきたいと思います」

「そ、そう……でも、なんでレイニは芋虫になってるの？」

「恋人は甘やかすものだとは知っています」

ビクビク、と布団の塊が大きく揺れた。いや、本当に一体、何をされたの？

そんな疑問からイリアの顔を見つめてしまう。するとイリアが花開くかのように優しい笑みを浮かべた。思わず二度見してしまうような眩しい笑顔だった。

正直、どうなることかと思っていたけど、悪い結果にはならなそうで安心した。

それからレイニをイリアに任せて、私は部屋を後にした。今は二人とも、そっとしておいた方が良いだろう。

だから今日の夕食は私が作ろう。ユフィが帰ってきたらお腹（なか）を空（す）かせているだろうし。

精霊契約者になってから食事に対して執着がなくなったとはいえ、何も食べさせないのは身体を壊す原因になってしまう。

「レイニも病み上がりだし、あっさりめかな。パンと、スープと……」

献立を考えながら、ユフィが帰ってきたらどんな顔をするのかと考えてしまう。驚くだろうか、それとも呆（あき）れるだろうか。

そんな想像するのもちょっと楽しい。少しだけ、そう、ほんの少しだけ切なさもあるけれど、心の中では喜びと祝福でいっぱいだった。それが溢（あふ）れて、つい口から出てしまう。

「本当に良かったね、イリア。ありがとう、レイニ」

# 間章　波紋を広げるように

私――ハルフィス・ネーブルスの実家であるネーブルス子爵家の屋敷は、王都の貴族の邸宅が並ぶ一角に存在しています。

私は自室で念盤（ソート・ボード）に向き合いながら書類を仕上げていました。出来上がったものを纏めて、一段落したところで紅茶を飲みます。

紅茶はすっかり温（ぬる）くなっていて、自分がどれだけ作業に没頭していたのか自覚しました。

「新しい紅茶を淹（い）れてもらいましょうか……」

長時間、座り作業を続けていたためか固くなっていた身体を解（ほぐ）す。誰かを呼ぼうとしたところで、それよりも先に部屋のドアがノックされました。聞こえてくるのは長年、我が家に仕えてくれている執事の声です。

「お嬢様、よろしいでしょうか？」

「はい。何かありましたか？」

「マリオン様がお会いしたいと来訪されているのですが……」

「マリオン様が⁉」

私は執事から伝えられた内容に飛び上がらんばかりに驚いてしまいました。来訪の予定はなかった筈なので、本当に急です。

改めて自分を見ました。今日は誰にも会う予定がなかったので地味な装いです。流石に私なんかが着飾ったところで程度が知れていますが、婚約者に会うのに失礼な格好をする訳にはいきません。

「すぐに参りますと伝えてください。それと着替えの支度を」

「手配しております」

執事の言葉と共にメイドたちが入ってきたので、彼女たちに身支度を任せながら高鳴りそうな鼓動を落ち着かせます。

ここ最近はマリオン様は忙しくて、このように時間を取ることも難しくなっていました。それでも私のために時間を作ろうとしてくれることへの喜びと、その喜びと同じぐらいの後ろめたさが湧き上がってきます。

そんな複雑な思いを振り払うように、支度を終えた私はマリオン様が待っているという応接間へと心持ち早足で向かいました。

「お待たせ致しました、マリオン様」

「やぁ、ハルフィス。急にすまなかったね、時間が取れそうだったのでお茶でも出来ればと思ったんだ」

「私のために時間を取っていただいて光栄です」

穏やかな微笑を浮かべて私の傍まで来てくださるマリオン様。相変わらずの優しさに緩みそうになる頬を叱咤して淑女の笑みを保ちます。

マリオン様にエスコートされて着席した後、お互い向かい合う格好となりました。メイドがお茶とお茶菓子を置いて、一礼をしてから部屋の隅へと下がります。

「なかなか来られなくて申し訳ない、ハルフィス」

「いえ、マリオン様がご多忙なことは理解しておりますし、魔法省も今は大変な時期ですから。私のことはお構いなく」

「それは弱ったな。仕事を理由に君に愛想を尽かされるかもしれないと思うと、私としては気が気ではないんだがな」

困ったように眉を寄せて微笑を浮かべるマリオン様。その表情にギュッと胸が締め付けられるような痛みを覚えてしまいました。崩れそうになった表情は繕えているでしょうか。ちょっと自信がありません。

「……本当に申し訳ないと思っているんだ。君に気苦労をかけているのは承知している」

「そんなことはございません」

「私たちの婚約に横槍を入れようとしている人たちのことはこちらでも把握しているよ。私に声をかける人も、君に声をかける人もね」

「……マリオン様」

どんな言葉を返せば良いのかわからず、私は困ったような表情を浮かべることしか出来ません。マリオン様は表情を引き締めて私を真っ直ぐ見つめました。

「先に言っておくよ、この婚約を私から解消するつもりはない。ハルフィスがどうしても望まないという限りは君のことを離すつもりはないから、そのつもりでいて欲しい」

「……そんなことを仰っても良いのですか？　私でなくても良縁の方がいらっしゃるかもしれませんのに」

あくまで私とマリオン様の婚約は、親同士が仲が良かったために結ばれた婚約です。男児が生まれなかった我が家は、婿として迎え入れるために私たちの婚約を決めました。なので、この婚約は両家にとって毒にもならなければ薬にもならないようなもの。

ですが、魔法省の筆頭であったシャルトルーズ伯爵家が没落したことで状況は変わりました。アンティ伯爵家の立場を思えば、しがない子爵家に婿入りするよりも良いご縁があるのではないかと考えてしまうのです。

「ハルフィス、君は私との関係を家の繋がりでしかないと思ってるのかい？　私はそんな男でしかないのだろうか……」

「マリオン様は何も悪くありません！　それに家の繋がりで結ばれた婚約ではありますが、私はマリオン様のことをお慕いしております！」

「なら、あまり悲しいことを言わないでおくれ。君にそのような言葉を吐かせてしまうのは私が至らないからでもある。辛い思いをさせているとは思うが、私はこのまま君と結ばれたいと思っている。でなければこうして時間なんて作らないよ」

「……申し訳ありません。マリオン様のお気持ちを疑っている訳ではないのです。むしろ私が至らないことでマリオン様の良縁を潰してしまっているのではないかと、不安を拭うことが出来ないのです」

　魔法省に入ることが出来た選ばれた人であるマリオン様に対して、私は平凡な子爵家の娘でしかない。魔法の腕も大したこともなく、容姿も地味だ。魅力の足らない自分が憎いと思ったことは、もう数え切れない。

　――それでも諦めきれないのは、私だってマリオン様のことが大好きだから。

「……至らない、か。自分のことには耳が遠くなってしまうのかな？」

「え？」

「最近、君の評価は上がっているんだよ。アニスフィア王女殿下と一緒に有用な魔道具を作り上げた立て役者の一人としてね」

「念盤(ソート・ボード)のことですか？　あれはアニスフィア王女殿下の発案ですので。ただ手伝っただけですよ？」

「君のアイディアもあっての念盤(ソート・ボード)だとユフィリア王女殿下が広めていたよ。アニスフィア王女殿下も絶賛していたとね。ハルフィスは発想が良い、今後も見識を広めて自分の傍にいて欲しいってね」

「アニスフィア王女殿下がそのようなことを……？」

確かにあの方は随分と気さくな方で、よく私のことを賞賛してくださるとは思っていましたけど、周りに吹聴(ふいちょう)までしていたとは。

「念盤(ソート・ボード)普及のために各部署の陳情を捌(さば)いていたのもハルフィスだと聞いているよ。お陰で導入が進んだと評価もされている。君の仕事は大したものだ」

「恐れ多いことです。むしろそれぐらいしか出来ませんから……」

「念盤(ソート・ボード)の導入方法を纏めた文書を用意したのだろう？　良い仕事だとユフィリア王女殿下も褒めていたよ。君は王女殿下たちに重用され、確かな地位を築いてるんだ。どうかそれを誇ってくれ、私も嬉(うれ)しく思っているのだからね」

賞賛のお言葉に恥ずかしくなってしまい、誤魔化すようにお茶を飲みます。そんな私の仕草をマリオン様は微笑を浮かべて見守ってくれているようでした。

「ハルフィスは謙遜するだろうが、叶うのならば仕事でも私を支えて欲しいと思ってしまうよ。むしろ私も王女殿下付きにして頂けないかな？」

「な、何を仰ってるのですか？　マリオン様は栄誉ある魔法省の一員なのですよ？」

「その自負も、アニスフィア王女殿下を見ていると正しい自信なのだろうかと疑問を抱いてしまうよ」

どこか遠くを見つめるように目を細めて、溜息混じりにマリオン様が呟きました。

「ユフィリア王女殿下経由でアニスフィア王女殿下のお話を聞く機会が多いが、特に衝撃だったのは魔法省で保管している歴史的資料についてだ。アニスフィア王女殿下は言い回しに過剰な装飾を感じると仰り、実際の状況を把握出来ないのは問題だと仰っていたらしい。ハルフィスはその話は聞いたかな？」

「はい。私もその場にいましたから」

「私たち貴族からすれば何を今更と思わなくもない。むしろ読むために勉強をするものだと思っていたからね」

「……ですが、それはあくまで貴族の話なのですよね」

「君も何か思う所があったのかい？　ハルフィス」

「魔道具の製作にも関わる機会を頂いてから強く感じるようになったのですが、あくまで私たちの慣れ親しんだ文章というのは、魔法を使える故の視点のものだと思ったのです。私たちは魔法を扱うために精霊に祈りを捧げ、魔法行使のための想像力を高める必要があります。そのため、表現を飾るのが当たり前になっていますし、文章から実像を読み取る力が自然と身についていています。でも、平民はそうではありません。彼等には想像力を高めるための文章を必要としていません」

だからこそ平民への説明は簡潔に、そしてわかりやすい単語で表現も絞る。貴族の感覚で言えば、簡易な文章は恥ずかしいと思う人もいるでしょう。表現を凝ること、それを読み解いてこそ貴族だと。

では、簡易な文書は低俗なものかと言われると、そうではないと思います。私たち貴族からすれば当たり前のものであっても、平民には無用な飾りに過ぎないからです。そこには価値観による断絶が存在しています。

「今まで歴史的資料は貴族の読み物でした。何せ貴族以外が読む必要がないのですから。ですから魔法省に保管されている文書を正す必要はありませんでした。しかし、これからは前提が変わると私は思っています」

「魔道具の普及が進めば平民の生活も変わるだろう。魔法を使える貴族も絶対の存在とは言えなくなるかもしれない。将来、爵位を授かった平民が貴族と肩を並べて国を動かすような重鎮の地位にいることも十分に考えられる。その時、今の資料の在り方はこのままで良いのか、どうしても考えてしまうよ」

私の考えに同意するようにマリオン様が真剣な表情で頷きました。

結論から言えば、魔法使いでない人に魔法使いを前提とした文書を読み解くための教養は必須ではないのです。

勿論、読み解くことが出来るに越したことはありません。でも、絶対に必要になるかと言われればそうとは言えません。

だからこそ、読み解くことが出来なければ情報が得られない資料の在り方の是非が問われるのでしょう。

「当然の話だが、文書は簡単であれば簡単である方が労力は少ない。書くにしろ、読むにしろね。全ての文書に適応させる必要はないけれども、それは現状にも同じことが言えると私は思っている」

「アニスフィア王女殿下も似たようなことを言っていましたね。必要な分野の文章は再編してから資料として保管しなおしたい、と」

「アニスフィア王女殿下は平民の生活や視点に慣れ親しんでいる。その視点の意見は普通の貴族では出て来ない。未来のことを考えれば、変わっていく国に対応するために柔軟な考えを持てる人がこれから重用されていくと予想しているんだ。……でも、それは今まで魔法省の実権を握ってきた重鎮の方々では対応しきれないだろう」

「……マリオン様」

「ユフィリア王女殿下もアニスフィア王女殿下も、どちらもやると決めたらやり尽くす方々だ。下手に対立するようなことがあれば痛い目を見るだろう。……それでも変われない方々もいるのだ」

酷く疲れたようにマリオン様は溜息を吐いた。魔法省が混乱しているのは理解した気になっていましたが、私が考えているよりも状況は悪いのかもしれません。

「私だって全て納得出来ている訳じゃない。もちろん、今までの全てが間違っているから変えろと言われたら素直には呑み込めない。だが変化を拒むあまりに王女殿下たちと対立するのは愚行としか思えない」

「……そうですね。アニスフィア王女殿下も魔法省と事を構えたいとは考えていません」

「名誉ある地位に拘る思いは理解出来なくはないが、名誉に拘るあまりに為すべきことを蔑ろにしてしまうのは話が違う。決して考えることを止めてはいけないんだ」

「はい、私も同じ思いです。この国の貴族として王女殿下たちが齎そうとしている変化をどう受け止めていくのか、それは一人一人が考えていかないといけないことだと」

「……そう言ってくれる君だから私は婚約者で良かったと思うんだよ、ハルフィス」

優しい笑みを浮かべてマリオン様がそう言ってくれる。今度は自然に笑って受け止めることが出来ました。

私たちは思いと考えを同じくして一緒に歩いていける。そんな予感が私に力をくれるのです。だからこそ強く思うのです。この人と一緒に生きていきたいと。

「念盤の導入で、魔法省でのアニスフィア王女殿下や魔学の評価も変わりつつある。変化の風は間違いなく吹き始めている」

「私もそう思います。それにアニスフィア王女殿下の魔学の理論は魔法にも応用することが出来ると思うんです」

「最近、君が熱心に何かを纏めているようだと聞いたが……まさかそれなのかい？」

「はい。魔道具を動かすために用いている詠唱文についてなのですが、これを従来の魔法に用いる基礎的な詠唱文と比較することで、現行の魔法体系とは別の解釈の魔法体系を組み立てられるのではないかと思いまして、研究してみようかと……」

「それは面白い。詳しく聞かせてもらっても良いか？　ハルフィス」

「はい。マリオン様がお望みであれば」

最近、私が個人的に手がけている研究の話に興味を持ってくれたマリオン様。私たちはお互いの考えや意見を持ち寄りながら討論に盛り上がるのでした。

きっとアニスフィア王女殿下と出会えなかったら、私は今も俯いたままだったかもしれません。でも、あの日に王女殿下たちが空への道を拓いて見せてくれたのです。

私の一歩など、あの方たちが進む一歩に比べれば小さなものでしょう。それでも進みたいと強く願うことが出来ているのです。

だから顔を上げます。俯いている暇などないのですから。私の道は今、確かに開いているのですから。

＊＊＊

――既に日も沈み、夜が訪れていた。

この時間ともなれば帰宅している者たちがほとんどだ。そのような中で魔法省に残り、作業を続ける私――ラング・ヴォルテールは疲れを訴える目を揉みほぐした。

「頑張ってるなぁ、ラング」

「……ミゲルか」

ノックもなしに執務室に入ってきたミゲルへ視線を送る。陽気かつ軽薄な調子で声をかけてくるミゲルに対して苦々しい思いが込み上げてくる。

こんな礼儀知らずであっても、侯爵家の子息なのだから頭が余計に痛くなりそうだ。

「頑張るのは良いけど程々にした方が良いぜ？　肩どころか身体まで固くなって、果ては心までカチコチになっちまうぞ？」

「余計なお世話だ。無駄口が過ぎるぞ」

「ひってぇ、心配してやってるのに」

ケラケラと笑いながらミゲルは頭の後ろで手を組む。その仕草も気に入らない。まったくもって敬意というものを向ける気にならない奴だ。

「仕事第一のラングだからこそ、コイツの存在は認めざるを得なかったってところか？」

ミゲルは私が作業に使っていた物、念盤に触れながら問いかけてくる。私はこれでもかと言わんばかりに眉間に皺を寄せた。

あのアニスフィア王女が開発し、ユフィリア王女によって齎された念盤なる魔道具だ。これは実に有用なものだった。その事実は私とて認めざるを得ないと思っているが、改めて他人に、しかもミゲルに指摘されるのは癪に障る。

「……私は別に、元から魔道具まで毛嫌いしていた訳ではない」

「同じようなものじゃないのか？　まだアニスフィア王女が嫌いなんだろう？」

「……そう簡単に認められるものか」

　呟いた言葉は自分でも驚くほどに苦みを含んだものだと思った。

　革新的かつ異端な発想を持つアニスフィア王女殿下を私は受け入れられなかった。精霊の存在を蔑ろにしているとさえ感じる振る舞いには軽蔑すらしていた。

　だが、アニスフィア王女は結果を出してきた。そして今回もまた。彼女の発想と生み出す物には価値がある。それこそ世界を塗り替えてしまいそうな程の大きな価値が。

　価値があると認められたなら惹かれる者がいるのは当然だ。世界は今、変化を迎えつつあることを感じ取っていた。

　――だから、ずっと準備を進め続けてきた。早くにその可能性に気付いた時から。

「あんまり無理はするなよ」

「……貴様に労られると寒気がする」

「おいおい、酷いな。協力してるんだから心配するのなんて当然だろう？」

「それには感謝している。……今から動くのは早かったのか、遅かったのかはわからないがな。それも貴様の助力があってのものだった」

「それこそ利害の一致ってやつだ。ウチとしてはさっさと魔法省には纏まって欲しいからな。あくまで俺たちは〝裏方〟だ。表に出るのはこれっきりにしたいものさ」

ミゲルは不敵な笑みを浮かべて言った。軽薄な態度の裏に隠した、鋭利な刃の如きもの。その気配を直に喉元に当てられたような気がして、冷や汗が出そうになる。

（これが、かつて魔法省の長官を務め、国の中立派として根を張り、暗躍してきた侯爵家の後継者か。……ますます気に入らん）

この軽薄そうな男は腹が立つことに優秀なのだ。普段の態度も自分の実力を誤認させるための振る舞いなのだろう。理解はしていても気に入らない相手だ。

――そんな相手の手も借りなければならない自分の方が気に入らないのだが。

「……立場ある者には果たさなければならない責任がある。それだけの話だ。だから私は自分の務めを果たさなければならない」

「真面目なことで」

「貴様から見れば大凡の人間は真面目だろう」

「違いない！」

肩をバシバシと叩いてくるミゲルの手を勢いよくはたき落とす。まったく馴れ馴れしい男だ。鬱陶しいとすら思える。

「これでも真面目に心配してるんだぜ？　下手を打てばお前、痛い目を見るぞ？」

「……ふん。そんなことは承知の上だ」

「お前自身、アニスフィア王女を完全に認めた訳じゃないんだろ？　その点、どうなんだよ。素直に話してみろよ。どうせ今は俺ぐらいしか聞いてないんだからよ」

軽薄な態度だが、その目が私の奥底まで見通すような目をしている。そんな視線を向けられる筋合いはないのだが、疲れからか心情を漏らしてしまっていた。

「……わからんから考えないようにしているだけだ。今は利益だけを追求している。個人の心情や信念などは後回しだ。でなければ、魔法省の威光は更に地に落ちる。もしかしたら魔法省だけでは済まないかもしれない。あの方々が齎す変化はあまりにも不可逆だ」

「不可逆、ね。一度知ってしまったら戻れないか。それは確かにそうだな。魔道具があるのとないのとじゃ全然違うことを知ってしまったからな」

「……私は恐ろしい。何もかも変わった世界、その先に何が待ち受けているのか。そこに——私の居場所はあるのか、と。私が信じられるものは残るだろうか、と」

椅子の背もたれに寄りかかりながら、視界を隠すように手で覆った。視界が闇に閉ざされると不安が実際に形になったようだ。これは恐れだ。変化に怯(おび)えて、保障のない未来に進む不安に心を締め上げられている。

「……ラングが魔法省に入ったのは学院を卒業してからか？」

「……何を当たり前のことを聞いている？　そうに決まっているだろう」

「子供の頃に親に連れられて魔法省に来たりしたこともなかったのか？」

「ない。他の家はともかく、父上はそうした点には厳しかったからな。門を潜りたければ己の実力を以て資格を証明せよ、と」

「ヴォルテール伯爵家はお堅いっつーか、そこら辺真面目だよなぁ」

ケラケラと笑いながら茶化すミゲルに睨むような視線を送る。するとミゲルは肩を竦めながら降参するように両手を上げた。

「それじゃあ、お前は会ったことがないのか。お前が魔法省に入るよりずっと前の話だろうしなぁ……」

「何の話だ？」

「昔、それはもう熱心に魔法省に出入りしていた女の子がいたんだよ」

ぴくり、と自分の眉が上がったのを自覚した。ミゲルは一体、何の話をしようとしているのか。予感はある。だが、確信はない。

「その女の子は当時、凄く有名でな。魔法省に顔を出した時は、それはもう目をキラキラさせてたらしい。まだちっちゃいのに魔法を学びたいって魔法省にやってきたんだ」

「……それは」

「――だけど、女の子はそれだけ魔法に憧れながらも魔法を使うことが出来なかった」

ミゲルが自分の声を遮るように告げた。一体、誰のことを指しているのか。理解しているからこそ、私は口を閉ざした。

「女の子は馬鹿じゃなかった。むしろ歳の割には頭が良かった。最初はそれだけ頭が良いなら魔法の才能だってあるだろうと誰もが思っていた。――だが、魔法は発動しなかった。女の子には魔法の才能が一切なかった。不思議な程に、な」

「…………」

「何かの間違いなんじゃないかと、誰もが女の子が魔法を使えるように指導した。多くを教え、精霊と信仰の在り方を説いた。女の子は必死に食らいついていたんだと」

――それでも、結局ダメだった。

「期待は失望に変わった。誰もが同情した。皮肉な話だよな」

ミゲルは気楽な調子で言ったが、私はどんな顔をすれば良いのかわからなかった。

その女の子のことは私も知っていた。だが、自分が詳しく知らない過去があったのもまた事実だ。今、私はそれを突きつけられている。

「諦められなかったんだろうな。擦り切れそうなほどに本を読んで、痛ましい程に祈りを捧げてたんだってよ。それでも覆ることがなかった。女の子に魔法の才能はない。それは絶対的な事実だった。そこで泣き暮らすんだったらただの悲劇だったんだろう」

──だが、女の子は悲劇のヒロインでは終わらなかった。

私はその後に続く物語を知っている。忌まわしいと思ってしまう程に。

その女の子は独自に魔法を調べ始めた。誰もが突飛な発想だと思う理論を訴えた。中には伝統や信仰を冒瀆するような内容すらも含まれていた。

同情は擦り切れて、いつしか嫌悪感へと変わっていった。しかし、誰からも疎まれるようになってからも女の子は歩みを止めず、そして……──。

「俺も実際に見た訳じゃねぇよ。人伝に聞いただけだ」

ミゲルは呟く。ただ淡々と事実だけを述べるように。……それは、私たちが積み重ねてきた罪に他ならなかった。

「誰もその女の子の話に耳を傾けなくなった。それでも女の子は泣いて訴え続けたそうだよ。諦めたくない、絶対に諦めないって、だから話を聞いてって。でも、誰もが耳を塞いだ。時間の無駄だと、子供の妄想でしかないと相手をしなくなった。そうしていつからか、女の子は訴えることはしなくなった。自分を否定する人を眼中にもいれなくなった。自分勝手に振る舞うようになった女の子は見事、不良になる程、擦りきれていきましたとさ」

「……何のつもりだ？」

「何がだ？」

「私にそんな話を聞かせて何が言いたいんだと言っている」

「未来に期待も、信頼も出来なかった女の子でさえ進んでるんだぜ？　どれだけ恐ろしかったと思う？　どれだけ不安だったと思う？　なぁ、ラング」

ミゲルの声に感情は宿らない。私を見つめる瞳はまるで天秤にかけているようにも見える。善か、悪か。正しいのか、間違っているのか。

「――女の子には出来て、お前が出来ないなら。正しかったのは女の子だって話になるんじゃねぇのか？」

……それは、深く私の心に突き刺さる致命的な一言だった。

吐き出せるものなら血反吐を吐き出してしまいたい。けれど、私は込み上げる嘔吐感を堪える。歯を食いしばり、拳を握り締めた。

「まぁ、俺はどっちの味方でもないけどよ」

「……何？」

「だって、どっちが間違ってるんだ？　どちらにも正しさがあって、同じぐらい間違いがあったって話だろ。女の子は結果を出すにしても人を見限り過ぎたし、魔法省は見限るのが早かった上に見限った後で話を聞こうともしねぇ。互いに引いた線から歩み寄ろうともせず、石を投げ合ってるようなもんだろ？　不毛だねぇ、としか思えんな」

「……不毛、か」

ぽつりと、呟いた言葉には力がなかった。目を閉じれば、好きになれそうにもない能天気な笑みを浮かべた少女の顔が過った。

「ラングが頑張ってるのは知ってるさ。真面目すぎて融通が利かないのも、肩の力を抜くのが死ぬほど下手だってこともよ。そんなお前のやっていることがただの間違いだなんて、そんなの言える訳もねぇ。けどよ、だったらお前と違う考えの奴が全員、間違ってるとも言えねぇだろ？」

「……あぁ、そうだな」

「根回しは結構。それが出来る奴はそうそういねぇ。だけど、自分で引いた線にいつまでも拘ってるのも馬鹿らしいんじゃねぇのか？　感情抜きにして利益だけ追求するのは役割として間違ってねぇけど、役割のために人は生きてる訳じゃねぇだろ？」

「……役割を果たしてこそ、その先があると思ってるがな」

「なら、役割を果たして、その先を見つめてる奴に聞いてみたら良いだろ」

ミゲルの言葉が何を意味しているのか悟り、私はゆっくりと目を開いた。ミゲルはいつもの真意を摑ませない笑みを浮かべていた。

「――俺は悪い賭けにはならないと思ってるがな。だって、あの人は今でも馬鹿みたいに〝魔法〟が好きなままなんだろうからさ」

# 6章　言葉交わして、未来を語る

――今日は休日、しかして離宮は静かな緊張感に満ちていた。

応接間には離宮にしては大勢の人たちが集まっていた。私、ユフィ、イリア、レイニ、ハルフィス、ガッくん。

そして私たちの前に座っているのはラング、マリオン、ミゲルの魔法省から来た三人組だった。

何とも言えない空気が続く中、真っ先に口を開いたのはラングだ。

「本日はお時間を頂き、まことにありがとうございます」

「まさかラングが離宮に訪問したいなんて、ちょっと驚いたよ」

そう、私たちがこうして対面しているのはラングからの打診があったからだ。私と話したいことがあると言われた時は、流石(さすが)に何事かと思った。

ラングからはマリオンとミゲルの同行を申し出られ、こちらは必要であればハルフィスとガッくんの同席も可能だと告げられていた。

どういった話かわからないけれど、同席させて良いなら二人にも参加して貰(もら)っている。

「今更、社交辞令なんかする仲でもないでしょ。本題に入って貰って良い？」

「畏(かしこ)まりました。では、率直に問わせて頂きたい。アニスフィア王女殿下、貴方(あなた)たちは魔法省をどのようになさりたいのでしょうか？」

「……私は前も言ったとは思うけど、魔法省とは歩み寄れたら良いと思ってるよ」

「では、ユフィリア王女殿下は？」

「私は魔法省の体制を見直したいと思っています。今後のことを思えば長期的に改革が必要になるでしょう」

「しかし、王女殿下たちの目標は今までの魔法省の役割を一切否定するものではないのでしょうか？　歩み寄りとは言いますが、どこまでが歩み寄りだと考えていますか？」

「……質問に質問で返しますが、ラングは一体何を危惧しているのでしょうか？」

ユフィに問いかけられたラングが一度、唇を引き結んで目を閉じた。それから少し間を空けてからラングが口を開く。

「私が危惧しているのは——魔法省の解体です、ユフィリア王女殿下」

流石にユフィも目を丸くしていた。魔法省の解体なんて考えたことなかったけど、ラングが危惧する程、私たちは実行しそうだと思われていたんだろうか。

「アニスフィア王女殿下が魔学や魔道具の普及を進めれば、魔法省とは相反することとなるでしょう。そのため、組織の改革を促すというユフィリア王女殿下の目標は理解出来ます。しかし、その改革を成し遂げた後の姿をどのように思い描いているのか、私はそれを知りたく思っています。それが魔法省の解体に繋がるのであれば意見を申さずにはいられないと考えておりました」

「私たちの一存で魔法省の解体が可能だと？」

「今は無理でしょう。ですが、王女殿下たちのどちらかが王位に即いた時にはそれも可能かと」

「……それは出来なくはないけど、する必要もないでしょう？」

「何故ですか？」

「何故って……魔法省がパレッティア王国でどれだけ大きな組織だと思ってるのさ」

「規模の問題ではありません。王女殿下たちにとって魔法省は存続するべきか、そうではないのかが問題なのです」

　ラングは首を左右に振りながら静かに、けれど強く訴えるように言葉を紡ぐ。

「精霊契約の真実が明らかになり、精霊信仰そのものに疑問を抱く者が後を絶ちません。否が応でも我らは変化の時を迎えつつあります。しかし、私たちは長い間、伝統と信仰を守るためにパレッティア王国に仕えていた身です。変化をすぐに受け入れられるかと言えば、簡単な話ではありません」

「それはわかっているつもりだよ。いや、わかりたいと思っている。だから魔法省の解体なんて一切考えてなかった。仮に私かユフィ、どっちが次の王に選ばれたとしてもね」

「そうですね。魔法省は替えが利きませんから」

魔法省の役割は政治の相談役、催事の進行役、これを遂行するために必要な資料の保管と把握、そこから派生して歴史の研究や魔法技術の研鑽などが行われている。どれもこの国に欠かしてはならない。

「相談役については政治の場から追い出そうとまでは考えてないし、催事の進行役だってこれまでの経験と知識を蓄えてきた魔法省が適任だ。だから解体なんてとんでもないよ」

「魔法の研究も今後も続けていく必要があるでしょう。仮に魔道具が普及したとして魔法の必要性までなくなる訳ではないのですから。私としては魔法省にもアニスの魔学が広まり、新たな研究分野の躍進に繋げたいとは願っていますが」

「そうだよ。確かに魔法省とは揉めたし、揉めた人と仲良く出来る気はしないけど、だからと言って貴方たちを不当に扱うつもりはないよ。出来ることなら歩み寄りたい。心からそう思ってる」

「……歩み寄りたい、ですか。それは本当にアニスフィア王女殿下の本心なのですか？」

「嘘偽りない本心だよ。これも前に言ったと思うけど、私だって自分が悪かった点もあって反省している。許せないことも山ほどあるけど、だからって貴方たちの存在が不要になったなんて思えない」

「では、ユフィリア王女殿下。貴方様はアニスフィア王女殿下の見出した魔学と魔道具が国を変えると確信しておられるのでしょう。その上でアニスフィア王女と共に並ぶのではなく、自ら魔法省の改革に乗り出しているのはどのような意図があるのでしょうか？」

質問の矛先を私からユフィへと変えてラングは問いかける。ユフィは一切揺らぐこともなくラングの問いに応じた。

「私が魔法省の改革に乗り出した理由は、これまでの伝統とアニスがこれから紡ぐ未来を繋ぐためです。アニスの描き出す未来には可能性が満ち溢れていますが、その可能性の中で過去を繋ぐことだって出来る筈です。ですが、その間には大きな溝があって断絶したままになっています。その解消こそが私の果たすべき命題だと思っています」

「我らが受け継いできた伝統と、アニスフィア王女殿下が提唱する未来は断絶していると。その二つを結ぶことが本当に出来ると思っておられるのですか？」

「出来なければどちらかが切り捨てられて終わるでしょう。そんな結末を望まないから、私は今の立場にいるのです」

ユフィの返答を受けてラングは黙り込んでしまった。ここまで喋っているのはラングだけで、マリオンは緊張気味に、ミゲルはお茶のお代わりを要求して不自然なほどに自然体だった。ちょっとだけムカついた。

「……私は、アニスフィア王女殿下の思想に賛同出来ません。どうしても忌避感が付きまとう。今までの教えや精霊の存在を蔑ろにする貴方の教えが正しいと思う日は来ないかもしれません」

ラングは堪えかねたように溜息を吐いて、首を左右に振りながらそう言った。

「……それはそれで仕方ないよ。そう取られても仕方ないことをしてきたから」

「えぇ。ですが、以前の貴方ではそのように認めることもなかったでしょう。貴方は自分の今までの行いを改め、私たちに歩み寄ろうと行動で示しました。ならば次は私たちの番なのでしょう」

「……ラング？」

「魔法省の改革、それに伴っての規模縮小は避けられないと思っております。それでも今日まで国に尽くしてきた彼等に出来るだけの便宜を図って頂きたい。誓って頂けるのであれば私は王女殿下たちに忠誠を捧げます」

ラングは深々と頭を下げる。膝の上に置いた彼の拳が震えたのを私は見てしまった。

「……組織の在り方を変えようとする以上、どうしても組織にそぐわぬ人には退いて貰うこともあるでしょう。ですが、ラングの願いはわかりました。私も多くの人が道を見出せるように尽力することを誓います」

「私だって誰も切り捨てずに済むならその方がいいと思ってるよ。魔法省とは色々あったけど、なくなって欲しいと思っている訳じゃないから」

「うんうん、じゃあこれで丸く収まったということで。良かったじゃないか、ラング」

敢えて空気を読まないようにミゲルがそう言った。ラングは疲れたように溜息を吐いたので、場の緊張が解れていく。

「魔法省の総意って訳じゃないが、ラングは魔法省内で賛同してくれる人を説得して王女殿下たちに協力出来るように準備してたんだよ」

「そうだったの？」

「そりゃ、このままだったら王女殿下たちだって魔法省の人事に手をつけなきゃいけなくなるだろう？　世論は王女殿下たちに傾いている。さっさと落としどころを自分たちから提案しないとズルズル争うだけだ。時間が経てば経つ程、利はなくなる。だが自分の立場を失うかもしれないと思えば、頷けない奴がいて当然だろ？」

「それは、わかるけども」

「ラングはその中でも説得出来そうな奴に根回ししてたんだよ。ちなみに情報を集めるために雑用に使われてたのが俺という訳だ。こっちで集めた情報を王女殿下たちに有効活用して貰って、取引の材料にしようと思ってたんだが……そっちにも優秀な目と耳の持ち主がいるみたいだな？　こっちが目をつけてた人に先に声をかけられてたなんてよくあったし。なぁ、そこのお嬢さん？」

笑みを浮かべながらミゲルがレイニを見て言った。レイニが怯んだように一歩身を引いたところをイリアが一歩前に出て威嚇するようにミゲルを睨む。それでもミゲルは変わらずに飄々としたままで、マリオンが疲れたように眉間を揉みほぐした。

「失礼な真似は控えてください、ミゲル。それにここまで大きな話になっていたとは私は聞いてなかったのですが……」

「マリオンには早い内にこっちについて貰ったからユフィリア王女殿下の補佐を頼んだんだよ。まぁ、役得って奴だ」

「役得については否定しませんが……」

「それについては謝罪する、マリオン。私とて今の考えを纏めたのはここ最近のことだ。王女殿下たちの真意を測らなければ判断がつかなかったからな」

「ラングは慎重だったんだよ。どっちに話が転がっても良いように手を回してたからな」

「……貴方と争うようなことにならなくて良かったと思っていますよ、ラング」

「まだ争わない、と決まった訳ではありません。貴方たちの進む道が国に不利益を呼ぶかもしれないと判断すれば、その時は私の立場も変わるでしょう」

「そうですね。お互い、良いお付き合いが出来ればと思います」

「……それならば、王女殿下たちに提案したいことがあります」

「提案？」

「提案は二つあります。まず一つは、ユフィリア王女殿下には魔法省掌握のために旗頭になって頂きたいのです。ユフィリア様も動かれていたと思いますが、まだ個々での繋がりであって、派閥として認識されていません。ですので、この機会にユフィリア様を筆頭とした派閥が出来上がったと周知出来るように動きたいと思っております」

「……そうですね。ラングの言う通り、派閥とは言い切れないでしょうね。ですが、貴方の協力を得られるなら、私としてもありがたく思います」

「今後、改めて夜会などの機会を設けて周知していきましょう。周知に合わせて、ユフィリア王女殿下に非協力的な重鎮方に退陣して頂ければ理想だと私は考えています」

「……それでよろしいのですか？　聞く者によっては裏切りにも聞こえますよ？」

ユフィは訝しむように眉を寄せながらラングに問いかける。それにラングは首を左右に振ってから答えた。

「今ならまだ栄誉ある勇退を選ぶことが出来るのです。そこまでしても時流を読めないなら、責任ある地位に就く資格はないでしょう。退くことを選べるのも必要な力です」

「……そうですか」

ユフィはラングの返答に複雑そうに相槌を打った。私もユフィの気持ちはわかる。

別に敵対する人たちを完膚なきまで潰したい訳じゃない。禍根が残るような火種を生み出すことは避けたい。

そう思っても避けられない争いもある。全ての人は救えないんだ。中にはラングのような人もいるけれど、全員じゃない。救う人、救えない人は選ばなければいけない。それが上に立つ者としての責任だ。

（そうやって選ぶのが嫌で逃げ出したくなるんだから、やっぱり私は国王なんて向いてないんだろうな……）

改めて突きつけられる自分の資質の無さに溜息が出てしまう。でも沈んでばかりはいられないと気を取り直す。

「ユフィの派閥が出来たことを改めて周知すること、それが一つ目の提案だよね？　もう一つの提案は？」

「一つ目の提案にも関わってくるのですが、アニスフィア王女殿下の知恵をお借りしたいと思っています」

「私の知恵を……？」

「アニスフィア王女殿下の知恵を望む理由は、魔法省内で中立の立場を保っている者たちを取り込むためです。そのために魔法省とアニスフィア王女殿下が共同で何か功績が立てられれば理想です」

　私は驚きのあまり、言葉をなくしてしまった。思わずラングの真意を探るように視線を向けてしまう。

「先程、軽く触れたと思いますが、私は魔法省の規模縮小は避けられないと考えています。理由は魔学が広く周知されるようになれば、そちらの研究の道に進みたいと思う者も出てくるからです。その場合、従来の研究者と魔学の研究者の間で逆差別が起きかねないと私は懸念(けねん)しています」

「……逆差別ですか。魔学に傾倒することで、従来の研究が蔑ろにされる可能性があるということですね」

「ええ。そして、それは避けられない未来だと思っています」

「ラングはそこまで考えてたんだね。……確かに、あり得ないとは言い切れないね」

「……そこまで危機感を抱くものでしょうか？　いくら魔道具と言ってもまだ魔法に代われるものではないと思いますが……？」

ラングの感じている危機感に、ユフィが納得しきれていない様子で眉を寄せている。

「まだ、ね。でも、代われるかもしれないんだよ、ユフィ。それが不味（まず）いんだ」

「不味い、ですか？」

「ラングが危機感を抱いている理由は、もっと先の未来の想像があるからでしょ？」

「……まさか、貴方（あなた）にそれを指摘されるとは思いませんでしたよ」

ラングは意外そうに肩を竦（すく）めて息を吐いた。ユフィはまだ合点（がてん）がいかないのか首を傾（かし）げている。代わりに声を上げたのはハルフィスだった。

「……その危機感というのは、精霊信仰の衰退でしょうか？」

ハルフィスが口に出した言葉で、誰もが静まり返ってしまった。耳に痛いぐらいの沈黙の後、ラングが頷きながら返答した。

「はい。私の懸念はそこにあります。いずれ魔道具が普及し、民が自ら自衛する力を高めていけば貴族の背負う役割が薄れていくことでしょう。それは魔法の恩恵を感じる機会が失われ、信仰の衰退にも繋（つな）がりかねないでしょう」

「……いや、流石に大袈裟じゃないか？」

「大袈裟かもしれませんが、可能性があるなら無視出来ないでしょう？」

ガッくんが力なく呟くけれど、ラングに言葉を返されて黙り込んだ。

「待ってください、確かに魔法そのものの出番は少なくなるかもしれませんが、魔道具とて魔法を摸したものであり、精霊の力を借り受けるものと言えます。精霊信仰そのものが廃れるような事態にはならないと思うのですが……」

ユフィが納得出来ないと言わんばかりに口を挟んだ。言ってることは尤もだけど、ラングの感じている危機感が杞憂だと言い切れないいんだよね。

「……この場合は信仰の中身がすり替わるって言えばいいのかな」

「中身がすり替わる……？」

「今まで魔法に向けられていた信仰心が魔道具のみに向けられるかもしれないってことだよ。それは下手すると精霊文化そのものの消失に繋がりかねない」

精霊への感謝や信仰は魔道具が普及されても大元は変わりはしない。けど、それは従来の精霊信仰から大きく形を変えてしまうのは間違いない。

「あくまで可能性だけど、魔道具を扱うことが主流になることで魔法使いそのものが異端扱いされる未来だって有り得るんだよ。だって魔法を使えない人の方が多いんだから」

「……魔法使いだから、異端扱いされる？」

「今は魔法使いが貴族として責務を果たしてるからパレッティア王国では受け入れられてるけど、もし貴族が魔法使いとしての責務を果たす必要がなくなって、誰からも求められなくなったら？　信仰の中身がすり替わったことで迫害される可能性が生まれる」

「……あっ」

そこでユフィも漸く気付いた、と言わんばかりに目を見開いた。

人は異端を恐れ、排斥する。それはどうしても避けられないものだ。特に魔法使いへの畏敬が失われた先に待っているのは、自分が持たない力を持つ者への妬みや恐れだ。

貴族は魔法を使えるから尊ばれている。貴族という括りから外れれば魔法使いは凶悪な力を備えているだけの人だ。

実際に貴族ならぬ魔法使いの盗賊によって甚大な被害を受けた事件だって起きている。圧倒的な力を持つ存在が、いつ自分たちに牙を剝くとも知れない。そんな存在を傍に置いておけるかと言われれば無理だと思う。

「ラングの危機感は確かに大袈裟だよ。でも、絶対にあり得ない未来とも言い切れない。ただでさえ、今の貴族と平民の関係は良好とは言えないし」

「……もしも、そんな未来が来るとしたら、私は虚しく思えて仕方ないのです」

ラングの表情は憂いを帯びたものだった。あり得ない話だと笑うのは簡単でも、可能性を見つけてしまうと落ち着かないのはわかってしまう。

「いつか魔法使いすらも不要とされる未来が私たちの定めだと言うのなら、貴族とはなんだったのですか？　私たちの誇りは時の流れに忘れ去られる、間違ったものでしかなかったのですか？　そうだとしたら、私たちは何のために貴族であったのですか？」

握り合わせた両手を額に当てながら俯くラングの姿は祈る姿にも似ていた。彼の言葉はまるで懺悔のようだ。

どれだけ悩み苦しんだのか。その姿にどうしても既視感を覚えずにはいられない。信じたいものを信じられなくなりそうな絶望の苦しみを私も知っているからこそ。

貴族の役割が終わる。そういうのは簡単なのかもしれない。魔道具が普及して、国民が貴族の庇護がなくても魔物に立ち向かえるようになるかもしれない。

必要とされなくなった貴族は無価値な存在になり果てるのか？　貴族であることに拘ることに意味があるのか？　私の理想は、彼等の価値を貶めるだけなのかもしれない。

――それでも、私は違うと思っている。

「ラング。私はさ、魔法に憧れたんだ。それが最初の始まりだったんだ。私にとって魔法使いは目指すべき理想だった。私は貴方たちが憎いんじゃない。貴方たちのようになりたかっただけなんだよ」

——でも、なれなかった。私に魔法の才能はなかった。望んでいた理想に辿り着くことは出来なくて、どんなに道を探しても正しい道なんてなかった。

「それでも諦められなかったから、私は魔学に縋ったんだ。私に許された魔法はこれしかなかった。でも、この魔法は今までの魔法を否定したいから生み出した訳じゃないんだ。ただ、私は……——一緒に同じ夢を見たかったんだ」

魔法に憧れて、魔法使いとしての責務を果たして、憧れた存在のようになりたかった。

魔法の価値が絶対であるこの国で、魔法が不得手な人はどうしても生まれてしまう。私のように苦しい思いを抱く人もいる。

今の魔法の価値が全てじゃない。魔法にはもっと色んな可能性があると、そうであって欲しいと願った。

認められなくて、貶されて、いつしか誰かに共感を求めるのも忘れてしまった。でも、魔法は夢と希望に溢れたものであって欲しい。夜空に輝く星のように、どんな小さな光でも私たちが見つけられるように。

「私は貴族の、貴族としての価値を失わせるものを作った。それは否定しないけど、でも違うんだ。私は皆で夢が見られる世界にしたかっただけなんだ。才能だけで夢が奪われるのが耐えられなかったから。夢を見たいと思うのに身分なんて関係ないでしょ？」

「……夢を見るのに、身分は関係ないですか」

「私は役割としての貴族を殺すかもしれない。でも、理想としての貴族は私だって夢見てるものだ。それはなくならない。いいや、なくしたくないんだ。だって、それがこの国の誇りでしょ？　貴族の役割がなくなっても、貴族に託された願いまで皆が捨てる訳じゃないと思う。力ある者が力なき者を守り、力を持つ身だからこそ誇りを掲げる。貴族だから、じゃなくて、貴族でなくても皆が誇りを持って生きていくことが出来る世界がいい」

ラングが顔を上げて私を見つめた。まるで私から何かを読み取ろうとしているようだ。私は何も恥じることはないと胸を張ってラングの視線に応える。

「私たちはそんなに別の方向を見て歩いてるのかな？　ラング。思想も考え方も共有出来ないかもしれない。それでも目指す場所がまったく別の場所だとは思えないんだ」

「……アニスフィア王女殿下」

「私は皆違って、皆が素敵だと思われる未来が欲しいんだ。だから一緒に探すよ。貴族としての役割を終えた魔法使いが、これからも人々の中で在り続けられる価値を」

私の言葉を聞いて、ラングは静かに息を吐いた。一度、目を伏せてから顔を上げた彼の表情は初めて見るような穏やかなものだった。

「貴方を、最も魔法を愛し、魔法に愛されなかった王女だと評した者がいましたね」

「……そう言われたこともあったかな」

「魔法に愛されなかったかはともかく、貴方の魔法への想いは真実の愛と言っても過言ではないのでしょうね。今なら、素直にそれを認められるような気がしますよ」

「……ラングにそう言われる日が来るなんてね。わからないものだね、人生って」

そう言い合って、私たちは何とも言えない表情を浮かべるのだった。

何とも言えない空気が出来てしまったので、仕切り直すためにお茶を淹れ直して貰った。

用意が終わると、席を離れていた皆が戻ってくる。

「改めて確認するけど、ラングが望むのは私と魔法省の和解、魔道具の普及で精霊信仰に影響が出る可能性があるから貴族、というより魔法使いの立場を再確立しておきたいってことでいいよね？」

「はい。先の話だとは思いますが、何か事が起きてからでは遅いでしょう。備えられるのならば今から備えたいと思っています」

「うーん……」

私は唸り声を上げながら膝の上に肘を置いて頬杖を突く。改めてラングの要望を纏めると難しい問題だと思い知らされる。

私の見込みだけど、ラングが危惧する未来が訪れるとしても何十年も先の話だと思う。魔法使いとして貴族が求められなくなっても貴族には教養がある。政治だって動かすのは貴族の役割だ。

ただ、それだって替えが利かない訳じゃない。魔道具の普及は平民に大きな恩恵を与えるだろう。生活が楽になって豊かになれば教育を受けられる機会だって得られるかもしれない。そうなれば平民から成り上がった官僚貴族なんて出てきても不思議じゃない。

そうなれば必然的に貴族としての価値は薄れてしまう。その果てに誰からも必要とされなくなり、力を持つだけの異端者として魔法使いが迫害されるような未来が訪れてしまうかもしれない。

「そんな未来を回避するためには、やっぱり貴族の在り方そのものを変えないといけないわよね」

「国が変わる以上、国を動かす貴族も変わらなければいけないでしょう。ですが、漠然と変われと言われても皆が戸惑うだけ。何か指針が必要です」

「……結局、この問題の根底にあるのは貴族と平民の関係の断絶だと思うんだよね」

魔法使いが迫害される未来になるとして、その原因となるのは魔法使いへの恐怖や嫉妬だろう。今は魔法使いが貴族として民を守っているという前提があるからこそ、魔法使いを疎むようなことはしない。自分たちの身を守るのに必要だからだ。

この前提が失われた時、ラングが危惧する未来が訪れる可能性が高くなる。でも貴族が率先して国民を守らなくていい時代が来た時、良好な関係が築けていれば理想だ。

「問題は貴族の腐敗だよね。それによって拗れた国民との仲を取り持たなきゃ、良い関係を築こうなんて無理だよ……」

「貴族と平民の断絶の解消ですか。確かに貴族として落第と言える者が増えてしまったのは同じ身としても遺憾ではありますが……魔道具が普及して、貴族の庇護を求めなくなると更に関係が遠ざかる恐れがありますね」

「平民が自分の身を自分で守れるようになれば戦力としての魔法使いは要らなくなっちゃうからね。だから守護する以外で魔法が平民にも尊ばれるような活躍が出来れば良いのかなぁ……」

「守る以外で、ですか……」

「うーん……治癒魔法なんかは需要がありそうなんだけどな……国が制度を作って治療をもっと今よりも受けやすくするとか？」

「それは有用だと思いますが、あくまで治癒魔法が使える方にしか恩恵がないと思います。私としてはもっと広く貴族そのものの価値を国民に広めなければならないと感じます」

「もっと広く、貴族そのものの価値を再確認させるようにか……」

ラングの指摘に私は眉を寄せて唸り声を上げてしまった。なかなかすぐに良案が浮かんでこない。

「貴族が平民に代えられない価値があるのは魔法なんだよね。その魔法使いとしての価値を上げるような功績を魔法省が主導して得られたら理想なんだよね」

「つまり魔道具が普及することになっても、魔道具では代用出来ない魔法の価値を証明することが出来れば良い、ということなのではないでしょうか？」

ユフィが口元に手を当てて、何か考え込むようにしながら言った。

「魔道具では無理で、魔法にしか出来ないことね……今は魔道具の種類も少ないから魔法に代われる訳じゃないけど、でも逆に言えば時間をかけて開発していけば魔道具は増えるし、誰でも使えるって点でいつか魔法を凌駕（りょうが）すると思う」

「……それじゃあ魔法使いの価値って最終的に何になるんですかね？」

ガッくんがぽつりと呟いた言葉に誰もが沈黙してしまった。魔法使いとは貴族であり、貴族であるなら国を守り、生活を豊かにするのが使命だ。

魔法という力がなければパレッティア王国は建国出来なかったけど、その魔法の代替えになる魔道具が生まれた以上、魔法使いであることが絶対的な価値を持つ時代は終わるのは目に見えている。魔道具は使い手を選ばず、数を揃えられるからだ。

更に言えば魔道具は道具であるからこそ安定していると言える。どうしても魔法使いは使い手によって魔法の腕前が左右されてしまうからだ。

「魔法使いじゃないと出来ないこと……精霊契約？」

「それはダメでしょう……」

ユフィが呆れたようにジト目になりながら言った。精霊契約を失伝させようとしているのに、それを目的にさせてしまったら本末転倒にしかならない。

「……いえ、待ってください。精霊……」

ふと、そこでユフィが何かに気付いたように自分の思考に没頭してしまった。何か気になったことでもあったのだろうか。

「……ラング、もしかしたらですが、全部上手くいく可能性があるかもしれません」

「それは本当ですか？」

ラングは困惑混じりにユフィを見ながら言った。ラングと一緒になって難しい顔を浮かべていたマリオンも同じ反応をしている。

するとミゲルが口笛を吹いて、楽しそうにユフィを見つめながら言った。

「おぉ、ユフィリア王女殿下に腹案があるなんてね。一体、何を思い付いたんで？」

「今はまだ確かなことは言えないので、確認が取れたらまた集まって貰っても良いでしょうか？」

ユフィの提案に異を唱える人はおらず、一時解散ということでラングたちの訪問は終わりを告げるのであった。

＊　＊　＊

その日の夜、夕食と入浴を済ませた私はユフィと部屋でお茶をしていた。

「それでユフィはどんな可能性に気付いたの？」

「精霊契約と聞いて、実はあることを思い出しまして。リュミのことなのですが……」

「リュミ？　リュミがどうかしたの？」

精霊契約者のリュミ、本名はリュミエル・レネ・パレッティア。初代国王の娘にして、私たちのご先祖様だ。今は気まぐれに離宮に訪れてはお茶をしたり、父上やグランツ公が仕事しているところに茶化しに現れている。

関係者以外の人がいると姿を見せないんだけどね。神出鬼没で妖怪みたいだと思ってる。

しかし、そのリュミがどうしたんだろう？

「リュミと出会った時に、私は実体化した精霊を見たんです」

「実体化した精霊……？」

「はい。それも羽の生えた小人のような姿をしていました」

「えっ、なにそれ。本当にそれは精霊だったの？」

「間違いなく精霊だったと思います。その時、リュミは歌を歌っていたんです。歌も詠唱の一種と言えます。だから、あれは魔法によるものだったんじゃないかと……」


「──大正解、とでも言えば良いのかしら？」


唐突にその声は聞こえてきた。驚いたのは一瞬で、私もユフィもすぐに肩を落とした。

月明かりが差し込む窓、その窓際（まどぎわ）にいつの間にか腰かけている不可思議な気配を纏った少女──リュミにジト目を向けてしまう。

「……もっと心臓に優しい登場の仕方が出来ないの？」

「あら、精霊契約者に人の常識を説くほど骨が折れることはないわよ？」

「わかっててやってるんだから、本当に性質(たち)が悪い！」

「貴方(あなた)が言えたことなのかしらね、アニス」

「あー、うるさいうるさい！」

クスクスと笑いながらからかってくるリュミに青筋を立ててしまう。実際に言い返すと自分が苦しくなるのが本当に嫌なところだ。

「こんばんは、リュミ。私の推測は当たっていましたか？」

「ええ、ユフィ。貴方の推測の通り、あの精霊は魔法によって実体化しているわ」

「それは精霊契約者だから可能になる魔法なのでしょうか？」

「精霊が実体化する条件は幾つかあって、それは精霊契約者でなければ満たせないものでもないわ。勿論(もちろん)、精霊契約者ならいつか感覚として理解出来るようになると思うけど」

「条件というのは？」

「魔法を使えること。ただそれだけよ。その魔法の行き着く果てに精霊の実体化があるの。意思を与え、思考を持たせ、独立して動く。それは生命の生誕にも似ているわね。かつて神が精霊をこの世に齎(もたら)し、万物を創世したように」

「いきなりとんでもない規模の話になってきたわね……」

「精霊とは世界の欠片（かけら）。その世界の欠片を望んだ形で、それも自立したものを動かすのは神の領域に手をかけるということなのよ。まぁ、一時的なものに過ぎないけれど」

「だから歌なのですか？」

「そうよ。歌は人が受け継いできた思いであり、祈りであり、歴史でもあるのだから」

　リュミは穏やかな笑みを浮かべて私とユフィを優しく見つめている。少し落ち着かなくて、私は目を逸（そ）らしてしまう。

「精霊契約者は己自身が精霊と化しているから、精霊に望む形を伝えやすいだけ。形さえイメージ出来れば、理論上は誰でも精霊を呼ぶことが出来る」

「そこが難題なんでしょう？」

「当たり前でしょう。……まぁ、貴方たちだったらあっさり越えてしまいそうだけど」

「……どういう意味？」

「魔法は精霊に思いを重ね、想像の羽を膨らませていく幻想だった。言葉を重ね、信仰となり、数多くの奇跡を起こしてきた。その奇跡に対して貴方たちは世界の理（ことわり）を知ることで精霊の在り方を象（かたど）った」

　指揮者のように指を振りながら、謳（うた）うようにリュミは言葉を紡（つむ）ぐ。

「それは幻想ではなく、実像に基づいた神秘の解体。幻想を実像に落とし込むことで新たな魔法を見出した。この二つの在り方は相反するものであり、同時に共存するものでもあるのよ。ただ出発点と行程が違うだけ。それを精霊は、世界は決して拒みはしない。何が言いたいかと言えば……道は重なってるってことよ」

――リュミの言葉に私は心臓を掴まれたような感覚に襲われた。

その言葉に何を思ったのか自分の感情に理解が追いつかない。そんな自分の状態から、自分が何か衝撃を受けたことを自覚はするけれど、その中身がわからずに困惑することしか出来ない。

この不確かな思いが何なのか確かめる前に、リュミがケラケラと笑い出した。

「あぁ、本当に飽きないものね。長く生きてみるものだわ。それじゃあ、用は済んだみたいだし、後は若いお二人でどうぞ」

「一言多い！　余計なお節介だよ！」

私がいきり立って吼えると、風が吹いた。思わず目を閉じると、風が吹いた名残だけを残してリュミは姿を消してしまっていた。

「あぁもう、本当に自分勝手で気まぐれなんだから！　人の迷惑とか考えないのかな⁉」

「……アニス、鏡は要りますか？」

「どういう意味？　ユフィ」

「さぁ、どういう意味なんでしょうかね」

ユフィまでクスクスと笑って私を見る。私は唇を尖らせてそっぽを向いた。

「しかし、ほぼ答えに近いヒントを貰ってしまいましたね」

「……もしかしてユフィ、魔法省に精霊の実体化をやらせようとしてたの？」

「精霊の実体化なんて魔道具には無理でしょう？　魔道具精霊の力を扱うことは出来ても精霊そのものを実体化させて何かに使ったりしようなんて手間がかかりすぎます」

「……人工魔石でも難儀したしね。確かに精霊の実体化は魔道具の領分じゃないのかも。魔法使いだからこそ目指す意義がある目標と言えばそうか」

私たちが飛行用魔道具のお披露目に使ったドレスに組み込んだ、特定の魔法が発動するように組み込んだ人工魔石。

いずれ、その果てに人工的に精霊を出現させるようなことは出来るかもしれないけれど、実体化させた精霊に何をさせるのかと言われると、そこから更にもう一段階、技術を進歩させる必要があると思う。

そこまでする必要がある？　と言われればないかもしれない。少なくとも今はもっと別の魔道具の開発を進めた方が国益になる。

「でも魔法使いであれば違います。これから国の戦力としての魔法使いが求められなくなっていくのであれば、やはり民の生活に根差した在り方に変わっていく必要があります。ですがいきなり魔法を民のために役立てろ、と言われても難しいでしょう」

「うん……それはわかるけれど、精霊の実体化を目指す理由とは繋がってなくない？」

私が首を傾げていると、ユフィが悪戯を思い付いた子供のように笑みを浮かべた。

「最初は役に立つ必要はないと思ってます」

「……役に立つ必要はない？」

「魔法使いには平民には出来ないことが出来る。それが人を傷つけるものではなく、人に何かを感じさせ、思いを託し、繋いでいくものであれば良いのではありませんか？　そう考えれば、歌による精霊の実体化を、催事を担っている魔法省にさせるのは打って付けだと思うんです」

夢や理想を語るように、ユフィは更に言葉を重ねた。

「――私たちが受け継いできたものはこんなに素敵なんだって後世に伝えるために。戦うためだった力を人の癒しや楽しみに出来れば、それは幸せなことだと思いますから」

……ユフィの言葉を聞いて、私は思わず感嘆の息を漏らしてしまった。

魔法の始まりは願いだった。理不尽から大事な人たちの笑顔を、幸せを守ろうとするために最初の王は精霊と契約を交わした。

その願いは行き過ぎて歪(ゆが)んでしまったけれど、願いを引き継いだリュミによって正された。そして、更に願いは引き継がれていく。

そして、今。私たちは願いを引き継いで今を生きている。これから進む未来を変えようとしている。

パレッティア王国が建国されて、王にだけ頼っていた時代が終わって、共に歩む貴族が増えた。そして今、その貴族にすら頼る時代が終わろうとしている。

パレッティア王国の歩みは魔法と共にある。誰かの幸せを守るための魔法は、その腕を伸ばし続けてきたんだ。そして、その魔法が守るだけではなくて、もっと意味があるものに変わるのだとするなら……――。

「――……うん、それは素敵な夢だ。私が夢見た〝魔法〟そのものだ」

そんな素敵な未来予想図をユフィから聞けたことが何よりも嬉(うれ)しかった。

私たちは今、同じ夢を抱いて歩んでいるんだという確信が安心をくれる。私は一人じゃないんだって思えるんだ。

「……ねぇ、ユフィ。手を握っていいかな」

「手を？　……そうですね。良い時間ですし、そろそろ横になりましょうか」

腰を上げてユフィが私に手を差し出してきた。その手を取って私も立ち上がり、二人でベッドに向かう。

手を繋いだまま布団に入り、横に並んで寝転んだ。視線をユフィの方へ向けると同時に目が合った。それがなんだか可笑しくて互いに笑い声を漏らしてしまう。

「ねぇ、ユフィ」

「何ですか、アニス？」

「もっと広めたいね。空中円舞の時みたいに、もっと、もっと、皆に魔法が素敵なんだって知ってもらいたいんだ」

「アニスなら出来ますよ」

うん。今なら胸を張って言えると思うんだ。

――隣に、貴方がいてくれるからって。

「……精霊の実体化が出来たら、どんな景色が見られるのかな？」

「素敵な景色でしたよ。リュミが見せてくれたのは本当にそう思えましたから」

「狡いなぁ。私も今度、おねだりしてみようかな？」

「……いえ、それは止めてください」

「？　なんで？」

ユフィが私の手を引いて、そのまま腕の中に引き寄せるように抱き締めてきた。

「貴方の一番は、私ですから。だからダメです。リュミの方が素敵だって思われたら……嫉妬しますよ？」

「……ユフィって結構、独占欲が強いよね？」

「だって、私は貴方の一番ですから」

そうでしょう？　と微笑むユフィはそのまま顔を寄せて口付けてきた。唇を閉ざさせたのは反論を許さないという意味なのか。

反論なんてしないのにな、と思いながら私はユフィの好きにさせるのだった。

# 7章　アニスフィアの生誕祭

　リュミと話した夜の数日後、ユフィは前と同じメンバーを離宮に集めていた。

「歌による精霊の実体化……ですか？」

　ユフィの出した案に真っ先に驚愕と困惑を含んだ声を漏らしたのはラングだ。驚く者たちがほとんどの中で楽しげにミゲルが笑う。

「歌で精霊を実体化させるんですか？　それは随分と御伽話じみた話ですね」

「実現出来れば貴族、平民問わずに注目を集められます。更に精霊の姿を目にすることで信仰を深める効果も見込めるでしょう」

「……確かに精霊の実体化が可能となれば貴族の名誉挽回に繋げられるかもしれませんが、それは精霊契約者だから可能な偉業なのではないですか？」

「それについては努力次第とリュミ様からお言葉を頂いております。私自身、まだ精霊契約者になって日が浅いですが、理屈はわかります。ならば、いつかは届くでしょう」

　ラングはユフィの返答に絶句して、頭痛を堪えるように眉間を揉みほぐしている。

「不安もわかります。ですが、精霊の実体化は誰もが一度は夢見ることでしょう？　身近に精霊の存在を感じ、その姿を見ることが出来れば、と」

「……それは否定しませんが」

「前例がない以上、試行錯誤は当然です。ですが、追い求める価値はあります。現状、歌で精霊を実体化させられるのは精霊契約者だけです。いずれ私もその領域に足を踏み入れられるとは思いますが、契約者ではない者が正攻法で身につけようとすれば途方もない苦労が求められるのでしょう。そうした難問を可能にしてきたのが他でもないアニスです」

「……つまり精霊の実体化を補助する魔道具を作るってことですか？」

ハッとして顔を上げたのはハルフィスだった。その返答にユフィは満足そうに頷いてみせた。

「歌を詠唱に見立て、精霊を一時的に実体化させる。手順は理解していても力量が足りないと言うなら、それを埋めるための道具を作れば良いのです」

「成る程。それなら魔法省とアニスフィア王女殿下が和解した証にもなるし、どう転んでも良いこと尽くめって訳だ」

ミゲルが指を鳴らして楽しそうに言う。実際にその通りだ。精霊の実体化なんて誰もが一度は見てみたいものだろう。

そのために私と魔法省が手を取り合って研究をした、ということにすれば魔法省と和解したと知らしめることが出来る。

その橋渡しをしたのがユフィの功績とすれば、ユフィを魔法省の代表として推すことも出来るし、ラングが懸念していた魔法省の立場も向上させられる。

「ですが、そのような魔道具を作れるのですか……？」

ラングは険しい表情のまま呟いた。すると皆の視線が私へと集中した。

「んー、私の仮説では精霊は人の意思を受け取って姿を変えるものだから、精霊との繋がりを強めて、魔法のイメージを更に具体的に出来れば良いと思うんだけど……」

「私の感覚でも、アニスが言った通りの手順で精霊を実体化させられると思います」

「結局、イメージ……精霊に思いを伝え、受け取ってもらうことが大事だと思う。それを目的にするなら魔杖みたいな増幅器が良いと思う」

「魔杖のような増幅器ですか……しかし、魔法の延長線上にあると言われても、魔法をどのように昇華させれば精霊の実体化が叶うのか私には見当もつきませんね」

ラングが溜息混じりに告げると、同意するように何人かが頷いている。

「うーん、そこまで難しく考えることでもないと思うけど？」

「……と、言うと？」

「精霊はそこにいるんだから、ただ姿を見せて欲しいって願うだけでいいと思う。私にはわからないけど、皆、精霊の存在は感じてるんでしょう？」

「感じてはいますが、意思まで感じ取れるという訳ではありませんよ？」

「精霊の意思は人の意思との鏡合わせだよ。だから姿を見せて、って祈るだけで良いんだ。それ以上でもそれ以下でもない。だって考えてみてよ？　本当に最初の精霊契約者は魔法を使えた訳じゃないよね？　魔法が生まれたのは精霊との契約を結んだ後なんだから」

「……あっ」

私の言葉にユフィまで盲点だった、と目を見開いた。魔法を当たり前に使える人からすれば呼吸のようなものなんだろうけど、そもそもの始まりにまで遡れば、生まれながらの魔法使いなんていなかった筈だ。

「だから魔法よりも精霊契約が先に来る。精霊の実体化は魔法の延長線上ではあるけれど、それは未来に発展するものじゃなくて過去を遡るものなんじゃないかな？　まだ誰も魔法を魔法として知らなかった時代に精霊契約は果たされた。精霊は確かにいたんだ。だから魔法の腕前ってより、ただ姿が見たいって願い一つでいいんじゃないかな」

「……成る程」

ラングが唸るような声で相槌を打った。まるで何かに感じ入っているかのようだ。

　そんな様子につい、私は言葉を重ねてしまう。

「なんていうか、うん。言葉にするのは凄く難しいんだけど……精霊は人との合わせ鏡だというなら、心から願って伝えるべきというか……」

「願いを伝える、ですか」

「うん。私は貴族が魔法使いとして国を守る時代を終わらせる。魔道具が広まれば貴族ばかりが矢面に立つ必要はなくなる。それは最初の契約から続いてきた精霊との付き合い方を変えていくことになる。でも、だからこそ伝えたい。最初に交わした契約はもう私たちには要らない。でも、精霊と共にあることは忘れないよって」

　私の言葉にラングが顔を上げて、ジッと私を見つめた。ラングだけじゃない。ここにいる誰もが私の言葉に静かに耳を傾けていた。

「付き合い方が変わっても精霊の価値は変わらない。変わっていくのは人の方だ。でも、変えてはいけないものがある。貴族の役割は変わってしまうけど、精霊と交わした約束は変わらない。人が幸せであるように、って。始まりの願いに応えてくれた精霊に、それだけは変わらないって伝えるように」

「……それが精霊の実体化に繋がると？」

「だって私なら伝えたいよ。今まで一緒に力になってくれてありがとうって」

胸の奥底にある想いを確かめるように、そっと胸元に手を置く。

「人の在り方は変わるけれど、最初の願いまでは変えたくない。これからも精霊と一緒に歩いていきたい。だからこその歌であるし、祈りであるし、願いなんだと思う。この思いが伝わるなら、私たちの願いを映し出してくれるなら実体化して貰えるかな、って」

初代国王からリュミへ、そしてリュミから父上までの世代まで。そして、今度は私たちに願いと祈りは引き継がれている。パレッティア王国の歴史は魔法と共にあった。そして魔法の始まりは人の幸福のために。

精霊に明確な意思がある訳じゃない。それでも精霊は人に寄り添い続けてくれる。変わらない存在だからこそ、人が祈りを捧げたくなるのもわかる。

「どんなに在り方が変わっても、初志を忘れずに。過去は現在に、現在は未来に道を伸ばし続ける。その時の中で失われないように私たちは受け継がなきゃいけない」

胸を摑みながら告げる。この想いを離してしまわないように、消えてしまわないように。

「──私たちは幸せだ、って。幸せになるために変わるよ、って。それでも精霊への感謝を忘れない。これからも一緒に、楽しく、共に在り続けようって伝えたい」

きっと、この願いが本物だと伝えられたのなら精霊は姿を見せてくれる。

魔法として姿を変えたものではなくて、私たちの祈りと願いの映し鏡として。私はそう信じたいんだ。

「それは……――」

呆然とした声を漏らしたのはラングだった。私から目を逸らして、何か言いかけた口を閉ざす。それからラングは息を整えるように溜息を吐いてから言った。

「……現状、これ以上の良案が浮かぶことはないと思います。であれば、歌による精霊の実体化に全力を尽くすべきでしょう」

「そうだね。で、話は戻るけど、どんな魔道具が良いかって話だよね？」

「どのように扱うかにもよりますが、催事で利用出来るものが理想ですね」

「精霊を実体化させるための歌を補助出来る魔道具で、催事で出しても問題なさそうなものか……どんなものがいいのかな」

歌と言えば最初に思い付くのはマイクだけど。魔杖をマイク代わりにして歌うとか？

「――……〝楽器〟」

そこにぽつりと、皆（みんな）を静まり返らせるような呟きが聞こえてきた。

皆が視線を向けた先は——ハルフィス。その呟きに誰もが動きを止めていた。

「楽器の魔道具……それなら作れそうじゃないですか？　その、部品ごとに魔杖のような機能をもたせてる、とか。どうでしょうか……？」

「……あぁ、そうか。催事には楽団の演奏がつきものだし、楽器が使える場面は多いんじゃないか？」

ガッくんがぽんと掌（てのひら）を打ちながら言った。

「楽器か。言われれば念盤（ソート・ボード）なんかは鍵盤楽器と似た構造をしているし、ほとんどの貴族も嗜（たしな）みで楽器を学んでいる。貴族には受け入れられやすい下地が揃（そろ）っている」

ミゲルが感心したように笑みを深めて呟きを零（こぼ）した。

「決まりじゃないでしょうか？　ラング、どう思いますか？」

「……そうだな。私も実に興味深いと感じている。歌とも関わりが深く、貴族の嗜みとして浸透している楽器を魔道具化することで精霊の実体化を結果として出せるなら、頭の固い老人方も黙らせられるかもしれんな」

「ラング、近々人を集めると言っていましたね？　もし議会の場で主導権を握れるほどに派閥が大きくなれば、近くに開催される催事の日程に組み込めませんか？」

「そうですね、ユフィリア王女殿下。やはり注目を集めて魔法省の立場を復権させ、なおかつ和解が成されたことを大々的にお披露目するなら何か大きな行事の中に組み込みたいですね」

「ええ、まずは派閥の掌握が必要ですね。後で人員の摺り合わせを行いたいのでよろしいですか？」

「構いませんよ。その間にアニスフィア王女殿下には楽器の魔道具の製作をお願いしたいのですが、よろしいですか？」

「わかったよ！　職人たちに相談してみる！」

＊　＊　＊

目標を定めた後、私たちはそれぞれの仕事を果たすために動き始めた。

ユフィはレイニを伴いながらラングたちと自分の派閥に加わってくれる人を説得したり、勧誘するのに忙しくしている。

一方、私はハルフィスとガッくんを連れて城と城下町を往復する日々を送っていた。

職人たちに魔道具の楽器を試作して欲しいという話を持ち込むと、彼等は快く引き受けてくれた。

「魔道具の楽器か。どういうものを作れば良いんだ？」

「魔杖を参考にしたい？　おい、誰か魔杖の職人に声をかけてこい！　アニスフィア王女殿下が新しい魔道具作るってよ！　首根っこ引っ摑んでも連れて来い！」

「しかし、楽器をどうやって魔道具にするんだ？　精霊石をそのまま塡め込むのか？」

「どの楽器で作るかにもよるな。貴族様たちが慣れ親しんでるっていったらヴァイオリンか？」

「装飾で精霊石を飾ることは出来るが、それだけじゃ面白みがねぇな……」

「いっそ精霊石を混ぜ込んだり出来ねぇか？　精霊石を使った塗料はあるんだろ？」

「それだ！　音に影響が出るようだったら考えないといけねぇが試してみるか！」

……などと、最早私が口を挟むまでもなく話が進んでいったのは笑い話だった。

その中でも積極的に発言していたのはハルフィスだ。実際にヴァイオリンを弾いた経験があるから意見も言いやすかったのか、熱心に言葉を交わしていた。

そして、怒濤のようなアイディアの出し合いが終わったかと思えばすぐに試作品を作り始めた。

最初は私も製作過程を見学に行ってたけど、グランツ公からの要請で貴族の顔合わせと魔道具の講義が再開することになった。

なので工房の視察はハルフィスに一任することを決めた。流石（さすが）に一人で行かせるのはどうかと思ってけど、ユフィが魔法省からマリオンを派遣してくれたので二人で動いて貰うことに。

そうして慌ただしく日々が過ぎて行ったある日のこと、私は父上と母上に呼び出された。

執務室に顔を出せば念盤（ソート・ボード）と向き合っている父上と母上が同時に顔を上げる。

「来たか、アニスよ」

「お疲れ様です、父上、母上。念盤（ソート・ボード）の調子はどうですか？」

「悪くはないぞ。素直に良いと言えぬのはグランツが悪い」

「……それについては私は何も悪くないので、そんな目で見ないでください」

父上と母上がじっとりした視線で私を睨（にら）み付けてくるけど、グランツ公が仕事の鬼なのは元から変わらないし、全体的には作業効率が上がって良かったと言って欲しい。

「まぁ、座れ。実はお前に伝えなければならないことがあってな」

「伝えなきゃいけないこと、ですか？」

「うむ。既に私たちは了承したことではあるが、詳しい説明はこれから来る者にさせる」

「誰が来るんですか？」

「貴方（あなた）がよく知ってる人よ」

母上が珍しく悪戯を考えているような笑みを浮かべて言った。はて、誰だろう？　首を傾げているとノックの音が聞こえた。

「義父上、義母上、お待たせしました」

「あれ？　ユフィ」

「あぁ、先に来てたんですね。お疲れ様です、アニス」

執務室に入ってきたのはユフィだった。微笑を浮かべながら私の隣に腰掛ける。対面の席には父上と母上が座り、向き合う格好となる。

「……ユフィ、もしかして私に何か秘密で動いてた？」

「いえ？　ただ、お話し出来る段階になったというだけですよ？」

探るようにユフィに問いかけてみたけど、微笑を浮かべるだけで返された。互いに最近は慌ただしくしてたけど、父上と母上に了承を取らないといけない話ってなんだろ？

「それで？　父上と母上にはユフィから詳しく説明を聞けって言われたんだけど」

「えぇ。アニスもハルフィスから聞いていると思いますが、〝魔楽器〟の試作品がいくつか仕上がったと聞いています」

楽器の魔道具は呼称を〝魔楽器〟と呼ばれるようになり、試作品が出来たという報告は耳にしていた。

ただ目標である精霊の実体化が出来たという訳ではなく、実験結果では魔杖と似たような増幅効果はあれど、楽器なので使い辛く、魔杖ほどの効果は望めないそうだ。

その代わり、魔杖にない特性として魔法の増幅効果が演奏中は持続することと、効果を及ぼせる範囲が広範囲なのだとか。

ただ増幅効果がパッとしないので、実戦で使えるようなものではないらしい。更に研究が進んで加工法などに光明が見えれば展望が開けるかもしれないけれど、現時点では有用なものとは言い切れない。

「義父上たちにも報告してありますが、目標である精霊の実体化からすれば、最初の一歩を踏み出した程度の成果でしかありません。ですが、それでも大きな夢への一歩であることも事実ですので、お披露目に向けて近く開かれる催事で実演して頂くことにしました」

「えっ、随分と急だね⁉」

「急ぐ理由はあるのですが……一つは魔法省への風当たりが酷くなっていることが理由です。アニスが貴族と多く顔を繋ぐことでその影響は顕著になりつつあります」

「えっ」

「グランツの仕業じゃろうな……」

「相変わらず容赦ないわね……流石に同情するわ」

グランツ公、あの人は密かに何をやってるの⁉　呆然としていると、ユフィが苦笑を浮かべながら言った。

「あの人はアニスを女王にしたいという方針を曲げた訳ではありませんからね。当然ながら邪魔はしてくるでしょう」

「……言われればそうじゃん⁉」

「私たちの望みは知っていても、それはそれとして別の話なんでしょう。私が不甲斐なければ容赦なく叩き落とすつもりですよ」

ユフィは薄らと目を細めて、威嚇するような笑みを浮かべた。悪寒が体中を駆け抜けたので思わず腕を擦ってしまう。

父上と母上も気まずそうにユフィから目を逸らしていた。私も現実から目を逸らしたい気持ちでいっぱいになってしまった。

「もう一つの理由が、魔楽器の公開を目論んでる催事の時期が遅くなれば遅くなるほど効力を失いそうなので、早めに手を打ちたいからですね」

「……時期が遅くなるって？」

「本来、開くべき筈の日からは過ぎてますから」

「……本来の日程で行えなかった催事ってこと？　なんかあったっけ？」

心当たりがなくて首を傾げていると、何故か母上が苦虫を噛み潰したような表情を浮かべてしまった。父上も何とも言えない顔をしている。それから父上が咳払いして、ユフィの言葉を引き継ぐように言った。

「お前が忘れていても仕方あるまい。何年も見送られてきた催事だからな」

「……なんかありましたっけ？」

「お前の生誕祭だ」

「……はい？」

「だから、お前の生誕祭だと言っておろうが！　お前が王位継承権を放棄し、うつけ者の振る舞いをするようになってから開催しなくなっておっただろうが！」

思わず私はぽかんと口を開けてしまった。確かに王族の誕生日には生誕祭が開かれていた。私も幼少期にはちゃんと生誕祭を開いてもらってたけど、やらなくなってから数年が経過している。

成る程、それなら私が忘れても仕方ない。しかも私の本来の誕生日は過ぎてしまっている。気付かないのは無理もない。

「って、私の生誕祭⁉　なんで⁉」

「そもそもアニスの生誕祭を開かなくなったのは貴方が王位継承権を捨てて、王族であることを放棄していたからです。しかし、その原因を辿れば魔法省にあります。両者の和解を示し、両者が手を取り合ったことを喧伝するのに、アニスの生誕祭を開催するのは都合が良いのです」

「言いたいことはわかるけど……それで私の生誕祭を……？」

「長年、催されることのなかった貴方の生誕祭を開くことで、アニスがちゃんと王族として今後も立っていくと表明する良い機会でもあります」

「魔法省からの要請だが、親としても国王としても、お前の生誕祭を今まで祝えなかった分も含めて、開催出来るなら色々と都合が良い」

「……でも、今更じゃないですか？」

「今更だからですよ。それに元々の発案は魔法省、もっと正確に言えばラングからです」

「ラングが？」

「魔法省がアニスと和解したことを知らしめるには一番効果的な催事ですから。今まで開催されなかった分も含めて祝うことで、貴方を認めたと周知することが出来ます」

「……私を認める、ねぇ」

「ええ、多少成果としては弱くても、魔楽器の存在は後押しをしてくれるでしょう。だからこそ、なるべく早くアニスの生誕祭は執り行いたいのですよ」

「私から開催を命ずるのは簡単だがな……アニスよ、一応お前の確認も取ろう」

「やった方が良い理由がこんなに並べられてるなら断れないですよ」

別に開いて欲しいかと言われると、今更な感があって微妙な心境だけど。

ただ、だからって開かないで欲しいとも言わない。当事者なんだけど、いまいち実感が湧いてこない。

「それでは、了承を頂けたということなので。アニス、魔楽器の試作品の性能試験は私と魔法省に任せて頂けませんか？」

「えっ？」

「元より主導になって助言をしているのがハルフィスだとは聞いていましたが、それでしたらいっそ、自分の目で確かめるのは生誕祭の時にして頂きたいのです。折角の生誕祭なので、魔楽器の成果が魔法省からの贈り物になるということで」

「成る程？ うぅん、確かに魔法省の功績にして貰いたかったから、ここから先を預けるってことに異論はないけど……生誕祭の間まで私のやることがないってこと？」

「何を言っているのですか、アニス。生誕祭を執り行うと決めたなら、日程もすぐ決まることでしょう。そして、その日数は限られています。その間に貴方には生誕祭用のドレスを見繕わなければいけないですし、なんでしたら作法の見直しも入れるべきでしょう」

「えっ」

母上の言葉に私は苦虫を噛み潰したような表情を浮かべてしまった。すると母上の目が瞬時に吊り上がる。

「今まで開催を見送っていた程ですから、しっかりと王族として復帰したことを知らしめるためにも必要です！」

母上、なんでそんなに燃えていらっしゃるんでしょうか？　熱意で火傷しそうなんですけど。思わず縋るようにユフィと父上に視線を向けるけれど、父上は目を逸らし、ユフィは満面の笑みを浮かべるだけだった。

「今日から暫く私が貴方の面倒を見ます。よろしいですね？　アニス」

「えっ」

「返事は？」

「……は、はい」

えっ、もしかして母上が自ら私の再教育を？　また作法とかチェックされるの？　しかもドレスを新調するって言った？　これから我が身に降りかかるだろう未来に私は目眩を起こしそうだった。切実に逃げ出したい。

「……折角なのですから、心から祝わせてあげてください」

「祝われる前に死ぬ程、怒られそうなんですけど⁉」

「あら、それは自分が不出来だということを認めているのかしら？　成る程、腕が鳴るわね？　アニス」

「これ、何言っても藪蛇じゃん⁉」

私は満面の笑みを浮かべる母上に引き攣った声で叫び声を上げることしか出来なかった。

私、祝われる予定なのに祝われるまでに苦労することが確定していない？

こんなの絶対におかしいよ‼

＊　＊　＊

母上が私に付きっきりでスパルタの作法の再確認や、急いでドレスを仕上げるために動き出して疲労困憊になる中、気が付けば私の生誕祭の当日になっていた。あまりにもあっという間過ぎる。正直、今日までの記憶が飛びそうになるぐらいだったけど。

私の生誕祭が何年かぶりに開催されるということで、城下町ではとにかくお祭り騒ぎだ。祭りにかこつけて出店が立ち並び、活気に満ちた人々が飲めや歌えやと騒いでいる。

そんな人々の活気を掻き分けるように王族のパレードが進んでいく。私はこの日のための特注のドレスに身を包み、ユフィの隣に座りながら手を振っている。

パレードをひと目見ようと駆けつけた人たちは笑顔で私たちに手を振り返していた。

「相変わらず凄い活気ですね」

「国が豊かである証だと思えば良いことで、この後が上手くいけばさらに文句なしだね」

「そうですね」

こっそりとパレードの合間にユフィと言葉を交わす。このお祭り騒ぎを見れば、とりあえず民たちの方には問題はなさそうだ。

治安維持のために見回りしている騎士たちには悪いとは思うけど、この光景を守ることが誉れだと思って頑張って欲しい。

この後には魔法省主導の私の生誕祭が行われる。これが上手くいけば文句なしだけど。

正直、中身にはほとんど私は関わってないからどうなっているのかわからない。

期待と不安が半々な気持ちで、私は民に手を振る仕事に集中することにした。

＊＊＊

そしてパレードが終わった後、小休憩を取ってからお色直しをする。

その間にすっかり日が沈み、夜が訪れている。王城のホールでは貴族たちが思い思いに会話をしている。

ここ最近ですっかり見慣れた光景に私は息を整え、ユフィと一緒に一礼しながら会場へと入場した。

「アニスフィア王女殿下、ユフィリア王女殿下のご入場です！」

会場中の視線が集まる中で、真っ先に見つけたのはハルフィスとマリオンだった。

二人は夜会に相応しい装いをしている。着飾ったハルフィスを改めて見れば、しっかりと整えれば普通に可愛いお嬢さんに思えた。

これならもっと自信を持っていいのに、なかなか自分のことを誇れていないみたいだからやきもきしてたけど、マリオンと並んでる姿を見るとやっぱりお似合いだと思う。

「ハルフィス！　マリオン！」

「ユフィリア様、アニスフィア様、ご機嫌よう」

「ご機嫌よう、ハルフィス、マリオン」

「はい！　アニスフィア王女殿下。改めてご生誕おめでとうございます」

「ありがとう。本来の誕生日はすっかり過ぎてるけどね。こうして祝って貰うのなんて久しぶりだから落ち着かないよ」

「お陰で魔法省にとって名誉挽回の機会に恵まれたと言えますが……」

「うん……あとは上手くいくと良いんだけどね」

「そうですね」

そんなやり取りもそこそこに、ハルフィスとマリオンは人混みに消えていった。

ハルフィスとマリオンが去ってからも代わる代わる挨拶に人がやって来る。暫く社交界から離れていたけど、ようやく私も慣れてきたように思える。

まぁ、隣で堂々と社交をしてるユフィには劣るんだけどね。まるで水が流れるように会話を続けてるよ。私はまだまだ笑って誤魔化すことが多い。

「アニスフィア王女殿下、ユフィリア王女殿下。間もなく司会進行を務める魔法省からの挨拶が行われます。壇上の席へ移動をお願い致します」

「あれ、もうそんな時間？　ええ、わかったわ」

「参りましょうか、アニス」

挨拶も程々に、私は執事からの案内を受けて、ユフィと一緒に壇上の王族席へと向かう。ようやく魔楽器のお披露目になるのかと思うと胸がドキドキしてきた。出来れば反感なく、受け入れられて欲しいと思うんだけど……。

「む、来たか。アニス、ユフィ」

壇上の王族席には既に父上と母上が座っていた。残った席にユフィと並ぶように座る。

「アニス、ちゃんと社交は出来ましたか？」

「ええ、まぁ」

「……ユフィ？」

「義母上、アニスもまだ不慣れではありますが回数をこなせば大丈夫ですよ」

「……ユフィがそう言うなら、そういうことにしておきましょう」

母上がちょっとゾッとするような問いかけをしてきたけど、事なきを得た。いや、こんな祝いの席でまでプレッシャーをかけないでよ、やだなぁ、もう。

母上からの視線から必死に目を逸らしていると、壇上に登ってきたのはラングだった。

壇上に立ったラングは会場に集まった参加者を見渡すと、咳払いをしてから会場全体に聞こえるように語りかけた。

「参加者の皆様方、どうか静粛に。改めまして、これよりアニスフィア王女殿下の生誕を祝う祭事を執り行わさせて頂きます。司会はこの私、ラング・ヴォルテールが務めます」

ラングの一声で、談笑をしていた参加者の視線がラングへと集まっていく。ラングは場が静かになったのを確認してから私たちへと向き直った。

「改めまして、アニスフィア王女殿下。本来の生誕の日から遅れてしまいましたが、魔法省に生誕祭の仕切り役を託してくださったことに御礼申し上げます」

「……これまで王族の務めを蔑ろにしてきた私には過分な言葉です。今後は王族としての誇りと自覚を再認識し、務めを果たして行きます。今回、魔法省の提案がなくばこの機会は来年まで持ち越されていたことでしょう。改めて感謝を述べさせてください」

横から母上の視線の圧を感じながら、王女らしく返礼を述べる。返礼が終わると母上からの圧が萎むように消えていった。な、なんとか乗り切ったよね？

「ご期待に添えるよう、こちらも総力をあげて本日の生誕祭に臨む覚悟です。……さて、今までは祝辞の言葉を捧げさせていただき、精霊石による祝福を戴くことで生誕を祝うというのが従来の生誕祭の仕来りでございました」

ラングの言葉は私たちに向けたものであるのと同時に、会場の参加者にも向けた言葉だ。静まり返った会場内に緊張の色が増したように思える。

「しかし、アニスフィア王女殿下が提唱した魔道具の普及が控えている今、精霊石を大量に消費する従来の儀式を見直すべきだと判断致しました。我ら魔法省は文化と伝統を受け継ぎ、語り継ぐ使命を国より賜っています。しかし、私たちは今まで築き上げてきた文化を時代に合わせて変化させていかなければならない。変化によって伝統が断絶してしまわないように、過去を受け継いでこそ今があると後世に伝えるためにも」

ラングの演説は続く。息を整えるようにラングが間を空ける。その言葉を受け止めている人の反応もまた様々だった。

「此度の魔法省による催しが過去と今を繋ぐ新たな伝統となることを願って。始原の光と闇、四大の火、土、水、風、この世に遍く全ての精霊の加護をここに。この祝辞を以てアニスフィア王女殿下の生誕を祝い、精霊への祈りを捧げます。これが我らから贈る祝福でございます。――楽団、前へ！」

ラングが祝辞を読み上げた後に力強く宣言をする。同時に私たちがいる壇上とは別に設置されていた壇上に、裏から入場してくるのは楽器を携えた楽士たちだ。

楽士たちの持つ楽器はどれも弦楽器。目を引くのは楽器の色だった。楽器には白、赤、茶、青、緑、黒と各精霊を表したかのような色分けがされていた。

「本日は魔道具にも使用されている加工技術を応用して製作された魔楽器による演奏でアニスフィア王女殿下の生誕を祝う曲を捧げ、精霊の加護を願います。それでは皆様、暫しご静聴を――」

ラングが礼をし、顔を上げて楽士たちの前に立った指揮者に目配せをした。ラングの目線の指示を受けた指揮者がやや緊張に強張った表情で頷く。

会場の光量も落とされ、薄暗くなったところで指揮者が指揮棒を持ち上げた。

――そして演奏が開始される。

演奏された曲目はパレッティア王国ではありふれた生誕の日を祝う曲だ。

人と精霊が共に歩み寄り、手を取り合って生きて来た。この国に生まれた子供たちにもどうか加護と祝福を与えて欲しい。そんな願いと祈りを込めた曲だ。

楽士の技量も申し分ない。耳に心地好い演奏が奏でられている。目を細めて聞き入っていると、隣に座っていたユフィが一瞬肩を跳ねさせたことに気付いた。

「──アニス」

ユフィが少し上擦った声で私の名を呼んだ。演奏中にユフィが声を出すなんて珍しいと思っていると、視界の端に何かが横切った。

光量を落とした会場にゆらゆらと光が揺らめいていた。ふわりと六色の淡い光が演奏に合わせて明滅しながら漂っている。形も曖昧で、光の強さも存在も何もかも希薄だ。

──それでも、精霊は確かにそこにいた。

実体化した精霊たちを見て、ユフィは目を細めるように微笑していた。精霊契約者だからこそ何か感じ入るものがあるのか、どこか昂揚したように息を吐く。

空中に漂っていた六色の光の尾を引くように飛び回っていた精霊たちが私の傍に集まり始める。そして、零れ落ちる光が鱗粉のように落ちていく。

それは、まるで私に光の鱗粉を振りまくように。とても幻想的な光景に私は息を止めて、その鱗粉を掬うように手を伸ばす。すると次々と光を纏った精霊が私に触れるように近づいてきて、はしゃぎ回るように会場中へと飛び回っていく。

「精霊石は精霊からの贈り物。精霊は世界の欠片であり、人の意思を映し出す鏡。願いを込めて演奏をすれば精霊は祈りに応じて現れる。……これは紛れもない祝福です。貴方が指し示した光景ですよ」

「……凄い、綺麗だね」

思わず感嘆の息を零してしまう。それは参加する皆も同じだったのか、誰もが会場を飛び回る光を目で追いかけているのが暗がりでもわかった。

演奏も佳境に入り、楽士たちの演奏にも熱が籠もっていく。そして、終わりは余韻を噛みしめるように訪れる。ゆっくりと音が消えていき、演奏の終わりと共にふっと精霊の光が消え去っていく。

やがて——誰かが思い出したように拍手を始めたのを切っ掛けに、会場は一気に拍手の音に包まれた。私も我を忘れて拍手を楽士たちに贈る。

やりきった顔で楽士たちが額に汗を浮かべながらも礼をする。すると、楽士たちに注目している内にラングが王族席の傍まで来ていることに気付いた。

「アニスフィア王女殿下」

「ラング」

「……ご生誕、心よりお祝い申し上げます。貴方に精霊の加護と祝福があらんことを！」

ラングが跪き、礼をする。もう一度、拍手と歓声が会場から沸き上がる。

私は忘我した状態でラングの姿を見ていた。不意にユフィが私の手を握る。視線がラングから外れて、ユフィの方へと向けられる。

その勢いで私の頬を伝うものがあった。それが涙だと気付いたのは一瞬遅れてからで、涙を流しているのだと気付くと一気に涙腺が刺激された。ユフィはまるで幼子を見るような目で私を見つめてくれていた。

「……私は、この世界に祝福されたんだね。この国で生きる人たちに、寄りそう精霊に」

「はい。今まで異端であることを良しとして貴方は祝福されることを望みませんでした。けれど、この祝福は貴方がいなければ生まれることのなかった祝福です。アニス」

ユフィが手を伸ばして私の涙を拭う。それでも私の涙は止まらず、幾つも涙の粒が落ちてしまう。

「貴方は、今、この世界に祝福されて生きています。その生を尊ばれているんです。だから笑ってください」

「……うん」

涙は止まらない。でも、止めないままでいい。ゆっくりと席を立って、私は涙を流したままラングと向き直った。

「ラング――ありがとう、私を祝ってくれて。今、心の底から本当に嬉(うれ)しいよ」

「……勿体(もったい)ないお言葉です」

ラングはゆっくりと跪いた姿勢から立ち上がって私を見つめた。その表情には穏やかな微笑が浮かべられていた。

「……魔学の在り方がこの国にとって相応(ふさわ)しい在り方なのか、その判断は未(いま)だに出来ません。ですが、一つ確かに信じられることを私は見出(みいだ)しました」

「……それは、何かな？」

「私たちの目指す未来は近しい。ただ、その歩む道のりが違うだけなのだと。人は幸福になるために生きるべきなのです。私は精霊に祈りを捧ぐことで、貴方は未来を切り開くことで幸せな未来に向けて歩いている。時には肩をぶつけ合うことも、互いに道を塞ぐこともあるでしょう。それでも――互いに理解することで得られる幸せがありました」

ラングは胸に手を当てて、少し頭を下げながら噛み締めるように告げる。

「――今日、この瞬間に立ち会えたことは私の誇りであり、幸せでした」

……ラングの言葉に涙が更に溢(あふ)れてきた。息を震わせながら吐き出して、ゆっくり呼吸を整えながら私はラングに手を差し出す。

私の差し出した手を見て、ラングは頭を上げて不思議そうに私を見た。

「仲直りする時は、握手するんだ。この関係を続けていきたいと示すためにも私はそうしている」

「……アニスフィア王女殿下」

「――私はこの国で、貴方たちと一緒に未来を目指してもいいかな？」

ラングが暫し、私の手を見つめる。そして、ゆっくりとラングの手が私の手を握った。

「――共に学び、共に歩み、共に守り抜くことを私は誓い、貴方にも望みます」

ラングの言葉に、私は満面の笑みを浮かべた。同時に会場中から万雷の拍手が響き渡る。

祝福を告げる拍手の音に、私はラングと顔を見合わせてしまう。そして、お互いに吹き出すように笑ってしまうのだった。

＊＊＊



アニスフィア王女殿下に捧ぐ祭事を終え、会場は再び社交の場へと戻る。誰もが今宵の感動を語り合っているのか、随分と饒舌になっているように見える。

その片隅、隠れるように壁に背を預けていた私は、音もなく忍び寄ってきたミゲルの名を鼻息混じりに呼んだ。

「……ミゲルか」

「ラング、お疲れ様だ」

ミゲルはいつものように飄々としながら、同じく壁に背を預けるようにして隣に立った。その手にはワイングラスが握られていた。

「あのアニスフィア王女殿下から心からの賞賛が貰えて、胸を撫で下ろしたか？」

「……ふん」

「おいおい、褒めてるんだぜ？　良かったじゃねぇか。魔法省の面目も保てただろ？」

「さてな。この興奮が一度限りでないことを祈りたいところだ」

「お前も素直じゃないねぇ」

ミゲルが呆れたように溜息を吐いている。その仕草に私は肩を竦めてみせた。

「……まだ魔楽器は十分な性能ではない。何度か試したが、楽士の技量によっては精霊を呼び出すことが叶わなかった時もあった。また、同じ楽士でも必ず精霊を呼び出せるかと言われればそうでもない。まだまだ不安定な技術だ」

「短期間でこれだけ出来れば十分だろうよ」

「それも王女殿下の積み上げた研究があってこそだ。……別に私の手柄ではない。これも巡り巡って王女殿下が齎した結果というだけだ」

「本当に素直じゃないな、お前！」

呆れたように私に視線を向けながら言ったミゲルだが、その顔が不思議なものを見たように変化していった。

そんなミゲルを視界の端に収めつつ、私が見ていたのはユフィリア王女殿下と語り合うアニスフィア王女殿下だ。

「……もしかしたら、簡単なことだったのかもしれんな」

「何がだよ？」

「礼に礼を以て返していれば、或いは――そうすればもっと違った関係を早くから築けていたのかもな、と。そう思っただけだ。あり得ない仮定の話だがな」

ただ破天荒の常識知らずの娘だと、王族として恥ずべき存在だと思っていた。

その見方がただの偏見であったのではないかと思うようになった自分の変化に驚く。

今でもまだ、彼女の唱える理論には抵抗と拒否感を覚えるのは事実だ。だが、耳にしたくないと思う程ではなかった。

進もうとしている道が違うのは確かだ。だが、彼女の見ている先が私の見ている先とはまったく違う場所とは思えなくなっていた。

だからこそ、共に歩む道はあるのかもしれない。少なくとも、今日はまだアニスフィア王女殿下と私の道は重なっているのだろう。……何とも感想に困る話ではあるが。

「……違った関係はあったかもしれんが。それでも、だからこそでもあるだろう？」

「……そうだな」

「今はそれでいいじゃないか。何はともあれ、お疲れ様だ」

ミゲルがワイングラスを軽く持ち上げる。私はそれに応じるように自分のワイングラスを持ち上げた。

互いに同じ位置に持ち上げたグラスが触れ合う。そして静かにワイングラスを打ち交わす音が奏でられた。

# エンディング

私の生誕祭が無事に成功を収めてから時が過ぎた。その間、私たちは慌ただしい日々を過ごしていた。

私との関係が改善したことを喧伝した魔法省は、悪化していた風評を覆しつつあった。何より一番大きな変化と言えるのが、今まではグランツ公の紹介で顔合わせや魔学の講義を行っていたのを、魔法省からも要請されるようになったことだろうか。

生誕祭の後からは魔法省からも誘いを受けるようになったからなのか、それとなく一緒に呼ばれることがなかったユフィと一緒に夜会に呼ばれるようにもなった。

当然の話ではあるけど、呼ぶ人が増えれば忙しくもなる。同時に充実した日々でもあった。そんな日々が過ぎていく中、父上が私とユフィ、それからイリアとレイニを呼び出した。

皆で揃って父上の執務室に入ると、執務室には母上とグランツ公が一緒になって待っていた。そして父上が窓の外に向けていた視線を私たちへと向ける。

私たちに視線を向けた時、父上の様子がどこかいつもの様子ではないように感じた。

「来たな、アニスフィア、ユフィリアよ」

「父上、今日の用事は何でしょうか？」

「うむ」

一つ頷いてから父上は母上とグランツ公に視線を向ける。よく見れば二人も神妙な表情をしていて、いつもの雰囲気ではなかった。

まるで父上から確認するように視線を向けられた母上とグランツ公は静かに頷く。言葉もなく通じ合った姿を見ると、三人の仲の良さが垣間見えるようだった。

「ユフィリアが王家に養子入りし、それに合わせてアニスフィアも社交を再開した。今日まで二人は今後の国の未来に向けて活動し、多くの貴族の支持を得られるようになった。その成果を以て、判断するのは頃合いだと思った」

「……父上、それは」

「──私は、退位しようと思う」

退位。その言葉を吐き出す父上はどこまでも静かで、そして穏やかだった。疲れ果てていた人がようやく身体を休めようとするかのように、父上はその言葉を告げた。

「機は熟した。最早、この席に私が座っていても為せることは少ないだろう」

私の背筋は自然と伸びて父上の言葉を聞く。隣ではユフィが同じように背筋を伸ばしている。

父上が退位する。つまり、次の王を父上は定めたということだ。

王になることを志して王家に養子として入ったユフィだけど、ユフィが王になれるかどうかは結果次第だった。もしユフィがダメだった時のことも考えて、私も社交で手を抜くようなことはしていない。

その今日までの積み重ねにようやく結果が出される。唾を呑み込みながら私は次の父上の言葉を待つ。

「次の王は――ユフィリア、お前に託す」

父上の言葉に私は緊張で止まっていた息をゆっくりと吐き出す。それと同時にユフィが少し揺れて私の肩にぶつかった。

慌ててユフィを見るけれど、ユフィはすぐに姿勢を正していた。一度目を閉じて、深呼吸をするように息を整えてから父上へと視線を返す。

「……はい、義父上(ちちうえ)。承りました」

「今日までよく頑張った。魔法省を中心にお前を次期国王として推す声は大きくなった。だが勘違いするな。決してアニスのうつけ者としての振る舞いが仇になった訳ではない。むしろアニスの躍進のためにも、お前が女王になる方がより良い未来に繋がると支持した者たちがいるからだ。国の象徴である王となり、国をより良く導く先導者としてお前は選ばれたということを決して忘れてはならない」

「はい。そのお言葉、確かに胸に刻みたいと思います」

「アニスよ。今後、お前は王の姉として支えとなってやりなさい。お前の理想を誰よりも信じてくれたユフィを裏切らず、共に未来に進むのだ」

「はい、父上。私の未来はユフィと共にありますから」

私とユフィを真っ直ぐに見つめて父上は頷き、視線を隠すように目を閉じた。それから父上は私たちの前で跪いた。

突然の父上の行動に私たちは驚いてしまう。国王である父上が跪くだなんて、そんなの本来であれば許されない行いだ。

「アニスフィア、ユフィリア。本当にすまなかった。私は不甲斐ない王であった。結局、多くの課題をお前たちの世代に残すだけに終わってしまった。本来、私は王となるべき者ではなかったのだ。その負債を私はお前たちに押し付けてしまう」

「そんな、父上！　お止めください！」

「いいや。一度だけ、心の底から謝罪させてくれ。本来、国王となるべき兄を討った私は代わりに国王の座についた。兄を討ったのも国が割れ、戦火によって人と大地が焼かれるのが恐ろしかったからなのだ。私は臆病者だ。武勇の腕もなければ、王の器でもなかった。本当に無力な王でしかなかったのだ。シルフィーヌとグランツがいなければとうに命を落としていただろう」

頭を下げたまま、父上は肩を震わせて告白する。まるで自分の罪を述べるかのように。

「それでも果たすべきことを果たそうと進んできた。……しかし、お前たちを見れば見る程に思うのだ。少しでもお前たちのような才能が欲しかったと。人は私を温厚で和を尊ぶ王だと言ったが、結局は力がない王だったのだろう。元より誰にも王になることを期待されていなかった。それは当然なのだ」

父上の言葉はあまりに悲痛だった。母上もグランツ公も静かに目を伏せるだけで何も言わない。そんなことないと言うのは簡単だ。父上が国王になって良かった点は絶対にある。

でも、結果を見れば父上が優れていたとも言えない。次期国王になる筈だったアルくんを失い、家臣には姦計を企てられそうになっていた。父上の先代から続く問題も解決したとも言えない。

「国王とは、政治とは、優しさだけではやってはいけない。時には上に立つ者として国を守るために何か犠牲にしなければならないこともある。その責任を誰かに委ねてもいけない。国王とはそういうものだと私は思っている。だからこそ私は責任を果たしきれない王であった」

「父上……」

「ユフィリア、私のようになるなよ。いや、言わなくてもなることはないだろうが。私なんかよりずっと王に向いている。……だがな、向いてるからといってそれだけが全てだと思わないでくれ」

　父上はゆっくりと立ち上がって、ユフィの肩に手を置きながら穏やかに言う。

「不甲斐ないことだが、私は王でしかなかった。それではダメなのだ。私がアニスフィアやアルガルドに引き継げたのは、王族としてあることを強要することだった。それ以外に何も示してやれなかった。親としても情けない限りだ」

「……そこまでご自分を責めなくてもよろしいかと思います」

「では、私を肯定し、尊敬することは出来るか？」

「……それは、勿論出来ますよ」

「意地悪な質問をしたな。慰めはありがたいが、それで済ませてもいけないのだ」

父上は穏やかな微笑を浮かべて、ユフィに語りかける。

「王であることと個人であることを両立させるのは難しい。王の背負う責任は軽いものではないからな。だが、それを捨ててしまえば待っているのは変化もなく、先に進むことも出来ない停滞なのだ。言われるまでもなくわかっているだろうが、敢えて言葉にして言わせてくれ、ユフィリア。精霊契約者になったからこそ、尚のこと忘れないでくれ。お前はお前でいていいのだ。私はそう望む」

「……義父上」

「アニスフィア、お前なら王と人の狭間にあることの難しさを誰よりもわかってやれる筈だ。だから傍にいて支えてやるのだぞ」

「……はい。勿論です、父上」

「……そして守られるということを重荷に感じないでくれ。自分を恥じる気持ちも、相手を思う故に傷つけたくないという思いも湧くだろう。それは大事なものだ。しかし、そこに囚われて離れてはならんのだ。それだけはならぬ、と私でもはっきり言えるぞ。私にはこんな立派な妻と友がいたのだからな」

父上はユフィの肩に乗せた手とは逆の手を私の肩に置いて、少し悪戯っぽく笑ってみせた。そんな父上の視線の先には母上とグランツ公がいる。

「……もっと早く伝えるべきだったと思う。もしも伝えられていたら、ここにはあの子もいたのかもしれん。しかし、伝えて芽生えるものでもないと思っている。難しい話だな」

「……でも、後悔ばかりもしていられないんですよね？」

「あぁ、そうだとも。後悔を忘れずに、しかし足を取られずに進むのだ。私は実践出来たとは言えない。だからこそ、後のことはお前たちに託すことにする。王の座を降りた後は残る人生をかけてお前たちの築く未来の礎となろう。お前たちの進む未来が軽やかな羽のようであることを願うためにも」

父上は私とユフィを纏めて抱き寄せるように肩を引く。そのまま何度か背中を叩いた後、ゆっくりと身を離す。

「後を頼んだぞ、二人とも」

はい、と返した私の声はユフィの声と重なる。私たちの返事を確認した後、父上はグランツ公へと視線を向けた。

「グランツ、王として命じる。親子としてユフィにかける言葉があれば隠し立てするな」

「……陛下」

「それとも、友として自分の娘としっかり向き合えと言わんとダメか？　私のような後悔はしないで貰いたいのだがな」

「……余計な世話と言うものだ」

家臣から親友へ、父上へと呆れたように溜息混じりに言ったグランツ公がユフィの前へと進み出る。ユフィの視線がグランツ公の視線と絡み合い、二人は暫し無言で見つめ合う。

「ユフィリア、お前は私によく似ている。それ故、良くないところも褒められないところも似てしまっているのだろうな」

「……私はお父様ほど性格は悪くありませんよ？」

「あぁ、かもしれんな。だが性質が悪いというのは否定させんぞ。お前は些か融通が利かせられないところがある。特にアニスフィア王女殿下が関われば顕著になるだろう」

「……余計なお世話です」

「その余計なお世話を焼くべきなのが、どうやら親というものらしい。限度はあるが、私たちはまったく足りていなかったのだろう。或いは本当の意味で余計な世話しかかけてやれなかったのかもしれん。アルガルド様の婚約者であった頃のお前が私の影を歩むだけになっていたのも、理由がそれだと言われたら弁明も出来んからな」

「……お父様」

「真っ向から刃向かってくる今のお前の方が私は誇らしい。もう私の影に囚われなくても良いのだ。親など踏み台にする勢いで越えて行け」

ぽん、とグランツ公がユフィの頭に手を置いた。グランツ公の顔に浮かぶ表情は見たことがない程に人間臭くて、父親らしい微笑だった。

「──大きくなったな、ユフィリア」

「……ッ」

ユフィの息が震えて、僅かに身が強張(こわば)った。そのまま額をグランツ公の胸に当てて震えるユフィを、グランツ公は静かに受け止める。

少しの間、無言で身を寄せていた二人は何事もなかったかのように離れた。そこに余韻なども感じられない。それでもお互い満足そうにしていたのが印象に残った。

「アニス……ユフィ……」

「母上」

「一番、親として貴方(あなた)たちから逃げていたのは私ね。きっと、この後悔は永遠に晴れないわ。誰かが許す、許さないじゃないの。私がただ自分を許せないわ」

違う、と言いかけて言葉が止まった。母上は寂しそうではあったけれど、笑みを浮かべていたからだった。母上は私とユフィの手を取って、自分の方へと引き寄せる。

「もっと貴方たちの思い出の中に立派な母親としてありたかった。貴方たちと一緒に思い出を重ねて、その喜びを分かち合いたかった……」

「……これからいっぱい作れますよ、思い出は」

「えぇ。でもね、これから作れても、過去には増やせないの。それは替えの利くものじゃない。だから消えないの。どんなに素敵な思い出を積み重ねても、人は後悔してしまう。これはきっと永遠に付きまとうものだと思うわ」

「……はい」

母上は私とユフィの手を握り締めながら、祈るように告げる。

「貴方たちの背には大きな翼があるわ。どこまでも先の未来へ羽ばたける。だから後悔なんかしないぐらい、飛んで行ってしまいなさいな。疲れたら羽を休めても良い。それでも飛ぶことを恐れず、後悔ばかりに下を向かないように胸を張りなさい。貴方たちは私たちの誇りなのですから」

私たちの誇り。その言葉に目の奥が熱くなって、涙が湧き上がりそうになる。必死に涙を堪えながら、私は笑みを浮かべて母上に告げる。

「……貴方たちの誇りがどこまでも飛べるように、どうか見守っていてください」

「えぇ、見守っているわ」

母上は私たちの手を握っていた手を離して、肩へと伸ばす。そのまま私とユフィをまとめて抱き寄せ、笑みを浮かべた。その潤んだ目から涙が落ちていく。

父上とグランツ公は私たちの姿を穏やかな目で見つめている。同時に視線は遠くてここじゃないどこかを見つめているようでもあった。

それで理解してしまった。今まで父上たちは私たちの先にいた。王として、親として。でも、今この瞬間、私たちは彼等の背から前に出て先に進んだ。そんな気がした。

だからこそ強く足に力を込めて背を伸ばす。この人たちに曲がった背は見せられない。この人たちに恥じない自分であるためにも、今度こそ私は私の務めを果たしたい。

「今まで、ありがとうございました」

これからは貴方たちにだけ背負わせないから。そんな決意と感謝を込めて、私は心からの感謝の言葉を贈った。

＊＊＊

父上が正式にユフィを次期国王に指名したことが発表された。それから間もなくユフィの即位式が執り行われることとなった。

事前に父上たちが話を通していたので、私たちの準備はそこまで慌ただしくなく進んでいった。その間、ハルフィスたちにユフィの即位がどう受け止められているのか確認したりもした。

「まぁ、皆してユフィリア様になるだろうな、って反応だったな」

「ええ。アニスフィア様に否定的というより、アニスフィア様は魔学の提唱者として動いて貰う方が良いと考える方が多いようです」

「アニス様とユフィリア様、仲が良いからな。揉めずに済むならユフィリア様の方が向いてるってことで概ね問題なく受け入れられてるんじゃないですかね？」

ハルフィスとガッくん曰く、そんな感じらしい。特に大きな反発もなくユフィの即位は歓迎されているようだった。

　望んだ通りの結果になったのは喜ばしい。だけど、やっぱり立場が変わるんだと思うと不思議な感慨に浸ってしまい、即位式の準備の間、私はちょっと落ち着かない日々を過ごしていた。

　だけど時間は待ってくれない。あっという間に即位式の日は訪れてしまい、私はイリアによって即位式に相応しいドレスに着替えさせられていた。

「……今日は随分と大人しいですね」

「私だって今日みたいな日は緊張したり不安になったりもするよ」

「そうですか。大変よろしいかと思います」

「……本当によろしいと思ってるの？」

恨めしげに鏡越しにイリアを睨むけれど、イリアは澄ました顔で何も言わなかった。

「……髪、少し伸びましたね」

「そう？　最近、切ってなかったね、そういえば」

「背も伸びましたよ」

「本当⁉」

「ユフィリア様の方が伸びてましたが」

「どうして上げてから落としたの？」

ユフィ、やっぱり身長伸びてるのか。でもそろそろ止まるよね？　あまり身長差がつくのは嫌だなって思ってしまう。

「大丈夫です、アニスフィア様はちゃんと成長していますよ」

「……うん」

「改めておめでとうございます。これからも私は貴方の傍にいますから」

「……そういうことを言ってるとレイニが拗ねるよ？」

「拗ねたら拗ねた分だけ可愛がるので」

レイニはユフィの着付けを手伝っているのでこっちにはいない。あっちもあっちで大変だろうな、と思う。

そう思っているとドアがノックされた。中に入って来たのは母上だ。

「アニス、準備は出来ていますか？」

「はい、母上。この通り、準備は出来ております」

「……随分と大人しいわね？」

「なんでイリアと同じことを言うんです？」

「日頃の行いでしょう。やれドレスが重いだの、動きにくいだの、文句を垂れてばかり」

ジト目で私を見て言った母上だけど、すぐに力を抜いて笑みを浮かべた。

「……まぁ、私たちも人のことは言えないのだけど」

「私たち？」

「私も別にドレスが好きな訳じゃないのよ？　槍を振り回してるのが一番なんて言う小娘でしたからね。オルファンスだって堅苦しい衣装を着てるよりは、身軽な服で土いじりをしている方が性に合うと言ってた程だもの。そんな駄目なところが一番似なかったのはあの子よね……」

「……母上」

「ダメね。つい、あの子のことを口に出してしまうわ。本当に後悔ばかり。もっと上手く出来たら、なんて思ってしまう。上を見たらキリがない」

母上は力なく首を左右に振って、それでも何かを振り払うように視線を上げる。

「アニス、今日は貴方にとって区切りの日となるでしょう。でも、それは始まりの日でもあるわ」

「はい」

「貴方らしく生きてみなさい。口煩くは言わせて貰うけれど、それを受け取るのかどうかは貴方の意思で決めて良いのだから」

母上は化粧やドレスが崩れない程度に身を寄せた。私も母上の肩に手を置いて自分からも身を寄せる。少しの間、そうしてから私たちは距離を取った。

「さぁ、私たちは先に会場入りよ。オルファンスとユフィリアをしっかりと出迎えてあげましょう」

「はい、母上。行きましょう」

「……背を押さないといけないと思っていたのに。誘われる側になるのなんて、こんなにあっという間だったのね」

今にも涙が落ちてしまいそうに目を潤ませながら、母上が私を見上げながらそう言った。けれど涙が落ちる前に指で拭い去った母上が私と一緒に並んで会場へと進む。即位式の会場には既に貴族たちが控えていて、今か今かと待ち構えているようだった。

　私と母上の名前が呼ばれて、私たちに注目が集まる。貴族たちの中に見知った顔が幾つもあった。

　こういった場所には絶対に顔を出さないと思っていたティルティが気怠（けだる）そうに立っている。私と目が合うと不敵な笑みを浮かべて肩を竦（すく）めた。

　ハルフィスがマリオンと並んで私に優しい視線を向けていた。本当に喜ばしいと言わんばかりに笑みを浮かべている姿に私も口角が上がりそうになる。

　警護をしている騎士の中にはガッくんがいた。私と目が合うと、一瞬だけニッと笑みを向けられた。

　騎士の中には当然、近衛（このえ）騎士団のスプラウト騎士団長がいる。母上と視線が合ったのか、母上に一つ頷（うなず）いてから笑みを浮かべているのが見えた。

　他にもラングやミゲル、それから魔学の講習や夜会で言葉を交わした貴族たちがいる。

　そんな中で王族から誰よりも近い位置にはグランツ公とネルシェル公爵夫人がいた。

　ネルシェル夫人は小さく目立たないように手を振っていた。それをちらりと見たけれども何も言わないグランツ公にちょっとだけ吹き出しそうになる。

　……そして、本来ここに立つべきだった、ここにいないアルくんのことを思い出してしまう。目を伏せるのは一瞬で、私は改めて背筋を伸ばす。

見知った人たちの間を抜けて、私と母上は王族が控える位置まで行った。壇上には今日の司会進行を務める老人が穏やかな笑みを浮かべて待っていた。

この人は今、魔法省長官の代理を務めているグラファイト長官代理だ。国王の即位式の司会進行を務めるのであれば一番上の人が出てくるのは当然の話である。ミゲルの祖父だとは聞いていたけど、何とも特徴が捉えづらくて印象に残りにくいご老人だった。

「お待ちしておりました、シルフィーヌ王妃、アニスフィア王女殿下。今日という佳き日を迎えられたこと、まずは心から喜ばしく思います。それでは、これより即位式を執り行いたいと思います。皆様は静粛に」

司会進行の指示が下されると、場が静まり返る。少しの間を置いた後、入り口の警護を担当していた騎士の声が会場に響き渡る。

「オルファンス国王陛下、並びにユフィリア王女殿下の入場です！」

声が響き渡り、再び沈黙が広がる。まず最初に姿が見えたのは父上だ。いつもより立派な衣装に身を包み、頭には代々受け継がれている王冠があった。こうした儀式でもなければ拝むことのない貴重品だ。

その後ろを付いてきたユフィのドレスは、今まで見た中でも最も綺麗で、同時に格好良いと思うような意匠だった。

これまで見て来たドレスは、ユフィの女性らしさを際立たせるようなものが多かった。けれど、今日のはどこか威厳に溢れる姿を演出するような印象がある。

胸を張って姿勢良く進むユフィは、思わず傅きたくなってしまうような空気を纏っていた。まるで、次の国王として相応しくあらんとするユフィの気迫が零れ出ているかのようだ。私が目を奪われている間にもユフィと父上が、私と母上がいる壇上まで登ってくる。

「オルファンス国王陛下、ユフィリア王女殿下、お待ちしておりましたぞ」

「すまないな、グラファイト老。既にご老体の貴方をここに立たせてしまった」

「ほっほっほっ、まさか貴方様の即位を見届けた私が退位まで見届けることになるとは。運命とは人には読み解けぬものだと思い知らされるばかりでございますよ」

好々爺と言わんばかりの笑みを浮かべてグラファイト長官代理は父上を見つめている。

元々、魔法省長官を務めていたということは父上の即位にも司会進行を務めたということなのだろう。それが引退した後に退位の進行まで任されたら不思議な運命だと思うのも当然だ。

「それでは始めさせて頂きましょう。我らがオルファンス・イル・パレッティア国王陛下、本日この佳き日を迎えたことを臣下一同、大変嬉しく思っております」

グラファイト長官代理が父上に礼をして告げると、周りの貴族たちも礼をする。

「今日まで我らを導いてきた王よ、貴方様のお言葉を頂きたく」

「うむ」

父上は一つ頷いてから礼を続ける貴族たちに向き直る。呼吸を整えて、目を閉じた。まるで、その一瞬の動作に思いを込めているかのようだった。そして、ゆっくりと目を開きながら口を開いた。

「私が国王として即位して長き月日が過ぎた。覚えている者も多いだろう。私が即位した頃、この国は乱れ揺れていた。パレッティア王国は存続の危機にあったと言っても過言ではないだろう」

重々しく告げる父上。その声には隠しきれない後悔の念が込められている。

本来、王位を継ぐ立場ではなかった。それでも運命は父上を国王の座へと押し上げた。土いじりなんて素朴とさえ言える趣味を心から望んでいた父上が政治の頂点である国王になるにあたって、一体どれだけ苦労を重ねてきたかと思えば心が痛む。

「今日という日を迎えられたのは私を支えてくれた臣下の功績だ。今日まで私という王に仕えてくれたことは私の何よりの宝であり、誉れである。しかし、悔いる気持ちもある。私が国王として為し得たことはあまりにも数少ない。私に仕えてきてくれた者たちに満足な栄誉を与えられたかは疑問を残すところであろう」

父上はそこで一度、言葉を切った。沈黙が周囲を包み込む。

「……皆、頭を上げてくれ」

父上は皆に呼びかけた。一人、また一人と促されるように顔を上げる。

「今日を以てして、私、オルファンス・イル・パレッティアは国王の座を退く。今日まで私を支えてくれた臣下たちよ、どうか目を開き、耳を澄ませて受け止めてくれ。次の国王として私は——ユフィリア・フェズ・パレッティア王女を指名する」

遂に父上の口から告げられた。場の緊張が張り詰めたように高まる中、それでも誰もが息すら漏らせぬとばかりに静まり返っている。

「私が胸を張って為し得たこと、それは未来に続く種を残したことだ。女王の座にユフィリアを、その支えとしてアニスフィアを。皆よ、どうか祝福して欲しい！　この子たちが我が国の未来を切り開いてくれる！　故に、私は今こそ相応しき者にこの座を譲ろう‼」

——歓声が爆発したように響き、拍手が大きく打ち鳴らされる。

暫しの間、歓声と拍手が響き渡る。その声を諫めるように父上が手を掲げた。ぴたりと音が止み、再び静寂が戻って来た。

「ユフィリアよ、我が前に」

「はい」

父上に名を呼ばれてユフィが進み出る。ユフィは見上げるように父上を見つめた後、その場に跪(ひざまず)いた。

「問う。私はお前を次期国王として任命する。その責務を背負う覚悟はあるか？」

「精霊に誓って、その偉大なる責務を引き継ぐことをここに誓います」

父上の問いに、ユフィが返答する。父上は頷いて、後は冠をユフィに被(かぶ)せれば王位継承が明確に示されることになる。

「アニスフィアよ」

「えっ、あ、は、はい！」

突然、名前を呼ばれて私は慌てて返事をする。えっ、なんで私が呼ばれたの？

戸惑う私を無視するように父上は王冠を外し、私の方へと差し出す。

「お前が被せなさい」

「……私が、ですか？」

そんな手順、初耳なんですけど？　あれ？　これって普通に国王から次の国王へと被せて終わりじゃなかったっけ？

「ユフィは王家の直系ではない。本来、私たちが背負うべき責務を代わりに背負うこととなる。その重みを忘れぬために、お前がユフィに託しなさい」

父上の言葉に心臓が大きく跳ねた。唾を呑(の)み込んで、父上が両手で差し出している王冠を見た。

国王としての証(あかし)である王冠を、本来被るべきだった私がユフィに被せる。敢(あ)えてそうすることで示されるものがある。

そして私は改めて、ユフィに国王という重責を背負わせることを認識するのだ。

「……承りました」

私は息を大きく吸ってから父上から王冠を受け取る。実際の重さはそんなに重いものではなかった。だけど、どうしようもなく王冠は重たく感じた。

父上が一歩ユフィの正面から退く。入れ替わるように私はユフィの正面に立つ。ユフィが跪いたまま、顔を上げて私を見た。

「アニス」

「ユフィ」

静まり返った会場でも、誰にも届かないような声で私たちは名前を呼び合った。

私は、今日、この子に国王を背負わせる。私の夢を誰よりも望んでくれた人に。どうしようもなく重たいこの王冠を被せるのだ。

「――誓うよ。この王冠を被ってくれたユフィを絶対に一人になんてさせないから」

この重みを決して忘れない。ユフィに背負わせる責務の重さを。だからずっと傍にいよう。誰よりも傍にいて支えよう。一緒に夢を追いかけよう。

私たちはこの先、何があってもずっと一緒だ。一生誓い続けるよ。

「アニス」

ユフィはもう一度、私の名前を呼んだ。その声に確かな親愛を込めて。

「私は、貴方に誉れを頂ける人でいられていますか？」

その問いに私は何も答えられなかった。何も答えられなかった代わりに視界が滲んでしまいそうな程の涙が込み上げて来た。

出会った頃の貴方は傷ついて、今にも折れて消えてしまいそうな程、儚かった。

道を見出せなくて、苦しんで、藻掻いて、私の夢を応援したいと言ってくれた。貴方は私に救って貰ったと言うんだろうね。

でも、同じぐらい救われていたのは私だったんだ。受け取るのが恐ろしくなってしまう程の救いを、拒もうとしても貴方は届けてくれた。

――こんなにも、今、貴方が愛おしい。

想いが溢れて止まらない。私たちは辿り着いた。勿論、ここが果てじゃない。始まりとさえ言える。でも、ここに至るまでの私たちの道筋があったんだ。

この手の中の重みはそんな想いの全ての重みでもある。だから重たいんだ。苦しくて、泣きたくなって、投げ出したくなる。それでも手放せない程に大事なものだ。

愛してるんだ。ユフィと歩んで来た時間も、これから歩むことが出来る未来も。誰より私を愛してくれた彼女の全てを私は尊びたい。

「誉れだけなんかじゃ全然足りない。もっと色んなものを捧げたっていい。全部、ユフィと一緒がいいんだ」

だから一緒に抱えて生きていこうよ、貴方が望んでくれたこの道を。

私はユフィが望んだ王冠を彼女の頭にそっと被せた。ユフィは僅かに頭を下げて王冠を受け入れる。

王冠を被ったユフィがゆっくりと立ち上がり、まずは父上と母上へと視線を向けた。

父上は穏やかな笑みを浮かべて満足げに頷き、母上は涙を拭ってから微笑んだ。

「おめでとう、ユフィリア」

「ありがとうございます、義父上、義母上」

「……さぁ、皆にお前の姿を見せてやりなさい」

父上に促され、ユフィは一つ頷いてから姿を見せるように皆へと振り返った。合わせるようにグラファイト長官代理が声を張りあげる。

「――ここに王位継承の宣言を行う！　女王ユフィリア・フェズ・パレッティア陛下！我らが新たな王に精霊の祝福があらんことを‼」

グラファイト老の宣言に唱和して、精霊の祝福を祈る声が、そして拍手の音が盛大に響き渡った。

誰もが王位を継承したユフィに視線を注いでいた。半ば伝説の存在として語り継がれていた精霊契約者たる王が歴史に名を刻んだんだ。

今日は間違いなく歴史の変わり目だ。その瞬間に立ち会えているという興奮は人の熱意を駆り立てるんだろう。拍手も歓声も暫し止まない程だった。

「――静粛に！　これより、新女王ユフィリア陛下よりお言葉を賜る！」

そんな熱意すらも静まり返らせる一声が響き渡る。けれど熱意が消え去った訳ではない。誰もがユフィの言葉を聞き逃さないと言わんばかりに耳を澄ませている。

ユフィは皆を見渡した後、胸に手を当ててから澄んだ声で言葉を紡いだ。

「今日という佳き日を迎えられたことに誇りを感じます。ご存じの通り、私は直系の王家の血族ではなく、精霊契約を以て王家の一員になることを許された身です」

祈り、願うようにユフィは堂々と胸を張りながら言葉を続ける。

「しかし、皆には忘れてほしくないことがあります。改めて私は告げたいのです。我々はパレッティア王国を建国した初代国王から魔法の奇跡を受け継ぎ、魔法を扱える者に貴族の名誉と責務を与えて国を守ってきました。その歴史の重みが私たちに今も誇りを与えてくれています。しかし、長きに亘った教えが魔法を扱えぬ民との断絶を生み、国を蝕んできました。それによって悲しむべきことも多く招きました」

真っ先に思い浮かぶのはアルくんの姿。父上が自分の兄を討たなければならなくなったクーデターだってそうだ。全ての原因の根本には貴族と平民の断絶と諍いがあった。

腐敗した貴族によって虐げられ、鬱憤を溜めた民。貴族と結ばれたことによって魔法の才能を潜在的に受け継ぐ者。それは少なくない悲劇を齎した。

「今一度、私たちは立ち返らなければならないのです。魔法とは何なのか？　貴族とはどうあるべきなのか？　国として正しい姿は何なのか？　私は皆の先導となって正しい姿を示していけるように尽力しましょう。そのために私は精霊契約を結びました。これは伝説の再来でも、復権でもありません。私の契約は伝統の継承の象徴であり、同時に再生の象徴でもあるのです」

この国は腐ってしまっている。そう言い放った人がいた。でも、だからって諦めない。

必要ならば新たな芽を育てて再生させよう。今ならそう誓えるんだ。

「時代は変わります。ならば貴族の役割もまた変わるのです。何も今までの誇りを捨てろとは言いません。ですが、変化を拒まないでください。私は確信しています！　今、この国に変化を齎そうとしている新たな風は吉兆の報せであると！　それを証明してくれた者こそ——アニスフィア・ウィン・パレッティアです！」

ユフィが私の名を呼んで、そのまま私の傍まで寄って来る。私の手を引いて肩を並べるように引き寄せた。

唐突に抱き寄せられた私は呆気に取られそうになるも、その前にユフィが言葉を重ねた。

「彼女は見せてくれました。新たな未来を、類い希なる可能性を。しかし、未知を恐れる気持ちはわかります。辿り着く先が見えぬ旅ほど恐れを抱くものはありません。アニスが切り開こうとしている未来は、私たちにとっては無明の闇とも思えるものでしょう。ですが、それは闇ばかりではありません！　夜の空に星が瞬くのと同じなのです！　決して光なき道ではありません！　光とは我々、一人一人なのです！」

訴えるようにユフィは声を張りあげる。集った者たちの空気すら呑み込むほどに強く、そして熱く。声に感情すらも乗せて。

「——光を見たのです、私は。そして、私もまた光り輝けることを知ったのです」

ユフィは視線を私へと向けた。そのまま私の肩を掴み、正面から向き合うように姿勢を変えられる。

──そして、ユフィは私に口付けた。

突然のキスに私は動きを固めてしまった。誰かが息を呑んだ音が聞こえたような気がする。静まり返っていた場の静寂が深まり、心臓の音が響いて聞こえる程だった。

「──愛しています。心から、誰よりも、貴方という光を」

「ユ、フィ」

「私は示してみせます、誰よりも愛する彼女と共に！　この国に希望を！　可能性を！　始原から始まり、四大属性を司る精霊に誓いを！　この愛の証明と共に、この国に繁栄を齎しましょう！　どうか、新しき時代の夜明けを私たちと共に歩みましょう！」

誰もが突然のことに呆気に取られていたと思う。けれど、誰かが始めた拍手が波打つように響き渡っていく。小さな歓声が大きな歓声へと変わっていき、今日一番の騒ぎとなる。

そんな中で私は身を震わせていた。こ、この子、こんな場で、キスした挙げ句、告白した……！　しかも精霊に誓いを立てて、わ、私のことを愛してるって言った……！

父上は額に手を当てているし、母上は何とも言えなさそうな苦笑を浮かべている。もう私はどんな顔すれば良いのかわからず、顔を真っ赤にしてユフィを睨んだ。

いつの間にかユフィの手が私の腰に回されていて逃げられなくなっていた。愛おしそうに私を見つめるユフィの表情が憎たらしい程だった。

「……こんの、よくもやったわね……！」

「牽制しておきたかったんですよ」

「だからってここでキスする⁉」

歓声が響き渡ってるから、私たちがどんな言い争いをしているのかは聞こえないだろうけど、それでも声は小さくなってしまう。

でもユフィはちゃんと聞き取ってくれているようで、目を細めて笑うだけだった。その小憎たらしい表情にぽかぽかと叩いてしまう。

「叩いてもいいですけど、ダメなんて言わせませんからね？」

「う、ううう……っ！　ユフィの馬鹿ァ――ッ！」

もう顔が上げられない！　今の私に出来るのは、一刻も早くこの場が収まってくれることを願うだけだった。

＊　＊　＊

即位式を終えて夜が訪れた。

月明かりが差し込む部屋の中、私はベッドの上に座って威嚇の構えを取っていた。威嚇されているユフィはただ苦笑を浮かべている。

「アニス、そろそろ機嫌を直してください」

「……あんなことしたくせに」

「だから謝ってるじゃないですか。せめて事前に言っておくべきだったと」

「……そうじゃないもん」

「……じゃあ、どうしてそんなに怒ってるんですか」

途方にくれたように呟く(つぶや)ユフィだったけど、途方にくれたいのは私だって同じだよ！

胸の中に抱え込んだ枕を強く抱き締めながら、私は頬を膨らませる。

「……ユフィはズルい」

「ズルいですか」

「……ユフィばっかりズルい」

そうだ、ユフィはズルいんだ。あんな場所で、皆(みんな)が見てる場所で、凄く(すご)大事な場面なのに私にキスをして牽制するようなずる賢いお馬鹿さんだ。

あんなことされたらユフィに王配を持てとか、そう簡単に言えはしないだろう。これでもかってぐらい、私を愛してることを真っ正面から伝えてきたんだから。

「ユフィはズルいよ」

——私だって、こんなに好きなのに自分ばっかり好きみたいに振る舞って。

私は枕を横に置いて、ユフィの傍まで寄っていく。そのままユフィの肩を摑んで、彼女の唇に自分の唇を押し当てた。

キスはもう何度もしたけど、自分からユフィの唇を奪いに行ったのはこれが初めてだ。

ユフィが目をまん丸にさせて驚いているのが見える。いい気味だ。

「——愛してる。ユフィに全部、差し出したって良いぐらいに、貴方を愛してる」

はっきりと言葉にして、泣きそうになりながらも微笑んで思いの丈を伝える。

今日はこれまでの人生で一番幸せを実感して、もっと幸せになりたいと望んでしまった日だ。こんな私になったのはユフィが悪い。もう一人じゃどうしようもないぐらい持て余してる。

「……いいよ」

「……アニス？」

「——今日は、ユフィがしたいこと、全部させてあげる」

声が震えなかっただけ上等だと思って欲しい。目を逸らしたからユフィの顔が見えない。私の言葉に固まっていたユフィは、少し間を空けてから私に手を伸ばしてきた。

「……本当に良いんですよね？」

「……そう何度も聞き返されると、決意が鈍りそうになるんだけど？」

今日は静かな夜だった。互いの息遣いまで聞こえてしまいそうな程の中で私はユフィと向き合っている。

共に寝間着姿で一緒のベッドに座っているけど、互いにどこか気まずい。これまで添い寝なら何度でもしたし、今更照れるようなことでもないんだけど。

それでも私の心臓は早鐘を打つように鼓動の速度を上げている。そう、今日はいつもとはちょっと違う夜だ。

ユフィが精霊契約者になってからというもの、ユフィは私からの魔力の補充こそが一番の糧とも言えるようになった。だからユフィにとって、私の魔力は何よりのご馳走な訳で。

魔力の摂取の方法は色々ある。例えば血を始めとした体液を飲んだり、触れ合ったりすることで魔力を摂取することが出来る。

言ってしまえばスキンシップ、されどスキンシップだ。ユフィと私の関係も恋人同士に変わったけど、ここまで許したことはなかった。

正直、踏ん切りがついてなかった。気が付くと幸せな日々に溺れてしまいそうだったから。それでも、ようやく自分でも呑み込めるようになったと思う。

今日という節目を迎えて、ユフィからの愛をこれでもかと示されて、もしかしたらどうにかなってしまったのかもしれない。

でも、どうにかなってしまっても良いのかもしれない。ユフィになら全部差し出していいって思えたから。

「……改まって言われると、こう、込み上げるものがありますね」

ユフィの伸びた手が私の耳を撫でる。耳たぶから耳の形をなぞって、髪を持ち上げるように払うユフィの指の感触に背筋にぞくりとした感覚が走る。

「いつかは、とは思っていましたが。実際に来ると……言葉が出ないものですね」

ユフィはそう言って、本当に幸せそうに笑った。離宮で過ごす時は表情も和らいでいるのだけど、今浮かべている表情はそんな表情とは比べものにならない程に緩んでいる。

……あぁ、本当にユフィは私が好きなんだな、と強く思わされる程にだ。

「……これでも色々と意地とか羞恥心とか色んなものを天秤に乗せたので、あんまり褒められたりすると、暴れるかも」

「はい、わかっていますよ。だから尚更ですよ、アニス」

ユフィの耳を撫でていた指が顎に添えられ、そっと持ち上げられる。音を立てるようにキスが繰り返される。

ユフィからのキスを私は目を閉じて受け入れながら、強張(こわば)りそうな身体(からだ)をなんとか落ち着かせようとする。

一度、キスの雨が途切れる。アニス、と。優しい声で名前を呼ばれると、場の雰囲気もあってか脳が痺(しび)れていきそうだった。

「……もう、待ては出来ませんよ」

狂おしいほどに切実に、ユフィから零(こぼ)れ出た吐息は、火傷(やけど)してしまいそうな程に熱に浮かされている。

肩に手をかけられ、そのまま体重を乗せられて後ろに倒される。仰向(あおむ)けになってユフィを見上げるような姿勢になると、ユフィの銀髪がカーテンのように降りてきた。

見えるのはお互いの顔だけ、月に照らされたユフィの頬は僅かな光でもわかる程に紅潮していて、瞳はとろんと蕩(とろ)けてしまっている。その瞳の奥には隠せないほどの熱が込められていた。

普段のユフィとは全然違う姿に、私は不覚にもときめいてしまった。胸が締め付けられるように痛い。

いつもは澄まして、完璧という言葉が似合うユフィが、余裕がなさそうに私を求めている。嬉しいし、照れくさいし、泣いてしまいそうだ。そんな思いから、私は自然とユフィに笑みを向けることが出来た。

ユフィはそんな私の表情を許しと取ったのかもしれない。再び重ねられた口付けはとても荒っぽくて、まるで噛みつくかのようだった。

（いつもは、あんなに淑女然としてるのにな）

キスから解放されても、呼吸を整えるので精一杯だ。余裕のない私を見るユフィは薄らと笑みを浮かべている。普段とは違う挑発的な笑みにぞくりと背筋が震える。

「眠れない夜になりそうですね」

「……お手柔らかに、ね？」

少しだけ口元を引き攣らせてしまった私は、懇願するようにそう言った。私の言葉には何も返事をせず、ユフィはただ笑みを浮かべたまま、再び私の唇を塞ぐ。

——今日はあと、どれだけ息継ぎが出来るんだろうか。容赦なく溺れさせようとしてくるユフィの背に手を回して、私はぼんやりとそう思うのだった。

# あとがき

どうも、鴉ぴえろです。この度は『転生王女と天才令嬢の魔法革命』四巻を手に取って頂き、本当にありがとうございます。無事に四巻を皆さまにお届けすることが出来て嬉しいです。

四巻の内容は、三巻までの内容を踏まえてアニスたちの新しい生活が始まるスタートのお話であるのと同時に、過去から続く因果の昇華のお話でもありました。

三巻でアニスとユフィは過去の因果を受け継ぎながらも、新しい変革と共に抱えていくという指針を定めました。本巻は二人がその指針の下、動いた結果で波紋を広げるように他の人にも伝わっていく、そんなお話になったと思います。

アニスの夢や理想に賛同し、影響を受けて新たな道を歩むハルフィスやガークの登場や、アニスとは対立していたラングの変化など、変わっていくための最初の一歩です。

それは国という大きな体制の変化でもありますが、環境が変われば人も変わっていくということで、イリアとレイニの関係にも変化が生まれました。

長らくパレッティア王国は染み付いた価値観によって停滞の時代を迎えていたと言えます。その停滞が生み出した腐敗の歪み、それが本当の意味で是正され、解消されていく。

そしてユフィの王位の継承、親の世代から託され、新しい時代の先導を担う二人はそれぞれの立ち位置で、その重責を抱えていくのでしょう。

彼女たちが築き上げる未来は明るいんだと、そんな未来への希望や期待を感じさせることが出来たなら、作者として大変嬉しく思います。

嬉しいと言えば、南高先生によるコミカライズも大変好調なようなので嬉しく思います！　原作を読んだ人を思わず唸らせるような表現力によって、転天の世界観が広がったようにさえ思います！　まだ未読の人は是非ともコミカライズ版も手に取って頂ければ！　よろしくお願いします！

転天四巻を出せたのは応援してくださる皆さまの力があってのことです。そして、本作を支えてくれるイラスト担当のきさらぎゆり先生、様々な面で尽力してくれている編集様、いつもお世話になっております。ここまで来させてくれてありがとうございます！

これからも転天の輪が広がることを願って、あとがきの筆をおかせて頂きます。

鴉ぴえろ

お便りはこちらまで

〒一〇二−八一七七
ファンタジア文庫編集部気付
鴉ぴえろ（様）宛
きさらぎゆり（様）宛

# 転生王女と天才令嬢の魔法革命4

令和3年8月20日　初版発行
令和4年12月10日　6版発行

著者――鴉ぴえろ

発行者――山下直久
発　行――株式会社KADOKAWA
〒102-8177
東京都千代田区富士見2-13-3
0570-002-301（ナビダイヤル）
印刷所――株式会社KADOKAWA
製本所――株式会社KADOKAWA



※定価はカバーに表示してあります。
●お問い合わせ
https://www.kadokawa.co.jp/（「お問い合わせ」へお進みください）
※内容によっては、お答えできない場合があります。
※サポートは日本国内のみとさせていただきます。
※Japanese text only

ISBN978-4-04-074220-5 C0193 ◆◇◇

最強不敗の神剣使い
The Invincible Undefeated Divine Sword Master
リヒト
名門貴族・エスターク家の"忌み子"。周囲から無能と蔑まれ、家門を追放されるが……その身には、絶対無双の"天賦の才"が宿されている
アリアローゼ
ラトクルス王国の王女。正体を隠して旅していたところ、流浪の旅へと出立したリヒトと出会う。その胸には、とある崇高な志が秘められている
Ryosuke Hata
羽田遼亮
ill.えいひ
シリーズ好